去屠宰场
谈恋爱好吗

兔草 著

四川文艺出版社

新经典文化股份有限公司
www.readinglife.com
出 品

目　录

坐骑

一九九九年，李离十一岁，我十岁。我们把一整个夏天砸在了铁轨上。

我们像两只无所事事的癞蛤蟆，长久蹲在铁道边，希望有人看见阴沟池里的我们，然后伸出援手，将我们揽入怀中，带向远方。可是事实上，我们收获的只有橘子皮、瓜子皮、餐巾纸、塑料袋、男人的口水……我们没有找到那个丝网做的捕捞袋，只能将青春干耗在铁道边上。

离家出走的事迟迟没有结果。李离说我们并非孙悟空，不能施展筋斗云腾云驾雾几万里，若要离开大人，离开家，必须找到宠物，慢慢培养，点化它们，让它们成为我们的坐骑。这件事超出了我的运算范畴，我当即表明坚决抵制。李离戳戳我的胳肢窝说："你不就是怕动物吗？猫也怕，狗也怕，耗子也怕，有你不怕的吗？"我笑着回："我不怕你啊。"他答："人又不是动物。"我狡辩道："人怎么能不是动物呢？人是一种需要加许多形容词前缀的高等动物。"

那年暑假快要结束时，我和李离的计划还迟迟没有完成，这意味着一整个夏天被我们虚耗殆尽。我们连树上的知了都不如，至少它偷偷藏在树上叫了一整季，而我们只是闷声不响地坐着下五子棋。那时，我和李离经常边看电视边下五子棋，电视里在播《西游记》，我们就在黑白棋盘格里大闹天宫。有一次播放到孙悟空被压在五指山下，黑子从李离的手中悄然滑落，当时他只差一步就要赢了。他把棋子扔在一边，望着我说："你不觉得访冬巷就像个五指山吗？"我说："不像，访冬巷只是一条巷子，怎么能是山呢？"这时李离起身，从阴凉处走到阳光下，他的影子在地上一跳一跳。他说："我们就是访冬巷的影子啊，它在哪儿，我们就在哪儿，根本逃不出去。"

我一直不明白李离为何要逃离访冬巷，这里四季分明，生活安逸，并无怪兽，可以说，我们的一生都井然有序地安排好了，我们将在这里度过漫长又短暂的一生，就像祖祖辈辈那样。每次说到这儿，李离就对我嗤之以鼻，他说，那是因为你没有看过远方。我反问他："难道你看过？"他说："看过吧。"我又问："什么时候？"他说："在妈妈肚子里的时候。"

这让我越来越相信有关李离家的传闻是真的，据说他家祖上并不是乌里的人，他们来自遥远而神秘的北方，战乱年代时，全家自北向南，一路逃到了乌里，最后定居下来。关于北方人，我全部的印象都来自书本，据说李离家也不是一般的北方人，他们的先祖里有少数民族，这帮人尤擅骑射。我那时想，这或许是李离长得比同龄人高、跑得比同龄人快的真正原因。

李离的母亲也佐证了这个事实，在漫长而难挨的孕期，她常独自绕着访冬巷的铁轨，一圈一圈地走。有好事的中年妇女劝阻说，孕妇不应该听太多噪声，而李离的母亲只是摸着浑圆的肚子说："这孩子太闹腾了，在我肚子里跑圈呢，只有听到噪声时，才会慢下来。"

暑假结束的前一天，我正在书店里忙着抄作业，不安分的李离又找上了我。他说："陈乌，咱们跑吧。"我不理解他的意思，便问他："同谁跑？"他答："同火车跑。"我摸摸他的脑袋，猜想他是疯了还是火车看多了，竟然出现了一些不切实际的幻觉。李离将我的笔和作业本没收了，交给另一个老实孩子，并叮嘱他在太阳下山之前把作业写好，不然拳头伺候。那孩子慑于淫威，只好接过我的作业本规规矩矩写了起来。李离笑了笑，揽过我的肩膀说："走吧。"

我们那时并不确定铁轨的终点是哪儿，我翻遍了家里所有角落，连一张地图都没有找到。在灰尘里，李离的脸格外坚毅，他说没有地图更好，想走到哪里，就走到哪里。我问他干粮怎么办，他说他带了一部分，都在肩膀上的小书包里。

那天中午，我开始了自己人生中的第一次离家出走，那实在是甚为刺激的一天。在我后来的人生中，这一天成了一个猩红的疤，它意味着冲动、鲁莽，还有弃我而去的勇气。

一开始，这趟旅程还算美妙，阳光虽然猛烈，但树荫庇护着我们。我们边走边聊，在最开始的一个小时内，一切安好，只有离家出走的刺激不断轰击着我们青涩的面貌，从远处看，我和李离的脸就像两个煮熟的猪头，泛着愚蠢和盲目的热。一个小时后，眼前的一切愈加陌生，连花鸟与树木都生得格外不同，我的步子渐渐慢下来，李离回头看了我一眼，看出了我的胆怯，他说："不要怕，怕的话你哪里都去不了。"

我们渐渐从白走到了红，又从红走到了黑，太阳的圆脸从空中逐渐消失，月亮走上了戏台。月亮总是这样，风姿绰约，却透着股清冷，我感到凉意弥漫全身，便停了下来，希望李离忘记后头还有我这么一个人，那么我就能趁这短暂的间隙躲进树丛，然后消失在茫茫的夜色里。我想回家了。

李离很快意识到我想打退堂鼓，他眉头紧皱，从小书包里掏出一包虾片交到我的手中说："你要不要停下来休息一下。"我接过虾片，胃液翻涌。虾片是我从前最爱吃的食物，这不正常。我将包装袋撕开，但是一点儿也吃不下去，只是像个机器人似的用牙齿切嚼着这些脆片，一点儿也尝不出鲜味，恐慌感杀死了我的味觉。

我说："回去吧，我们回去吧。"

李离抬头看了一眼月亮说："我们都走了这么久了，回头太不划算了。"

我们就这样在月色下僵持了半小时，树丛外围不时传来野狗的号叫。我一边吃虾片一边哭，哭得没有任何走动的力气，我再度央求道："我们回去吧。"这时李离的表情有了一丝松动，他说："或许是我错了，不该带你来，我以为你和我想的一样，都想出去看看呢。"我停止了哭泣，回答道："我的确是想出去看看，但不是现在。"

我快速地咀嚼着这堆毫无味道的虾片，想不起来从前为何觉得这玩意儿好吃，只是大口大口地嚼着，像每一个为了生存而不顾一切的人。我必须回到原有的轨道去，我们走得太远了。这时候李离却在旁边拿树枝画着什么，他好像在画一只鸟，但只画了鸟的半身。我凑过去，痴迷地看着那只无足之鸟，这时黑暗里响起一个声音："画得不错。"

"鬼啊！"我和李离吓得拔腿狂奔，也不知跑了多远，才停了下来，等我们远远望去时，那个人还在铁轨边上。这时李离问我，你说这是人还是鬼。我说我不知道，我妈和我讲过好多铁轨上的故事，从前有个诗人就是在访冬巷附近卧轨自杀的，死后常在附近游荡，还吟诗作对。李离问我看那个人像诗人吗。我说不像，倒像流浪汉。其实我们谁也不知道那个人到底长什么样，穿什么样，我们已经跑得这样远了，那个不知是人是鬼的东西估摸是跟不过来的。

等喘匀气了，我才想起另一件事——没有回头路可走，若是走回去，必定会再度遇上那个男人，这并不是我想要的结果。于是我怯怯地问李离，接下来怎么办。他说不怎么办，只有继续走，走到黎明，走到天亮，走到一个看得到路的地方。

我们继续走，口干舌燥地走，找不到目的地地走，好几次在岔路口时，我都怀疑我们走错了路，但并没有一张地图给我们指引正确的方向。我看了看手表，已经凌晨一点了，我提议停下来歇息一下，更重要的是，我们面前出现了一个三岔路口，且两边都有铁轨，我们不知道究竟该朝哪里走。李离说，按道理来讲，这时我们应该兵分两路，一个人走一条路，这样万一死了一个人，还有一个人活着。我说这又不是古墓探险，李离笑了笑说："是啊，所以就投硬币决定吧。"我发誓，在后来的许多个人生时刻中，我们再也没有如此草率地做过决定，但事实上，最后的结果和投骰子扔硬币并无不同，活着就是个随机事件，选什么都一样。

最终，按照硬币的指引，我们走上了那条笔直的道路，我还安慰李离说，走阳关大道总是对的，至少这条路上一直会有火车经过，那意味着我们并不孤独。我从来没有那么渴望火车经过，只有火车经过时，我才能相信，我们两个并未被世界遗弃，我们还将被全车上千名乘客所注视，尽管那种注视只是一面之缘。

有时候，从夏天走到冬天只需要一个晚上。中午的时候我还在吵闹天气酷热，太阳直射，到了夜里，便只有叫冷的份，无边无际的铁轨像通往西伯利亚的公路，我们还没有抵达，就已经受到了冷风的热情招待。夜幕低垂，铁轨格外安静，如同沉睡的巨人，火车也像躲藏起来了似的消失得无影无踪。我问李离："我们是不是被放逐了？"李离拍拍我的脑袋说："瞎说什么，我们正走在一条无比正确的道路上。"

中途我还摔倒了几次，具体是几次我已无法记清，只记得那些铁轨边的碎石非常讨厌，里头还藏着一些碎玻璃碴，我知道那都是酒瓶的尸体，酒瓶是流浪汉们留下的。我们访冬巷附近既无公园，也无商场，唯一的娱乐设施就是这座杀人机器——铁轨。白天时，年轻的恋人们来此约会，女人站在铁轨边，一旦火车经过，男人就从后头揽住女人的腰身。在那一刻，他们会产生相约殉情的错觉，但这样的刺激会随着火车呼啸远去，当风再度平息时，他们会彼此凝视，相拥而吻。李离说他就看过好几次这样的，这铁轨边上干什么事的都有，有些很龌龊的他也见过。当然，此地拾荒者和醉酒者也颇多，尤其是夜深人静时，酒鬼们聚在一起低声哭泣，像一群无家可归的孩子。

我的脚很快就走废了，小腿上的肌肉在集体抗议，而李离却健步如飞。我看着他瘦削的身影，忽然觉得他就像蒙古骑兵的刀，永远向着广袤的草原，没有一次生出过归剑入鞘的念头。我再度央求，表示自己走不动了，同时敏锐地注意到铁轨边不远处有一个电话亭，我记得家里的电话——84868248。我不自觉地握住了那支被无数人握过的话筒，把身上仅有的一张电话卡插了进去。

"你干什么！"李离很快阻止了我的行为，他的样子就像一个义无反顾的革命军团团长，他看出了我做逃兵的心思。我也没打算隐瞒，我说我想回家了，要找爸妈过来接我。他摇摇头，唉声叹气，就回了一句话——"你没看明白吧，这电话亭早废了。"

我看看地，但什么也看不清，想找个板凳坐着等天亮，但满地都是碎玻璃碴。我没有哭，也没有闹，只是低着头，无声抗议。李离和我僵持着，沉默着，就这样大概过了有半个钟头，他终于缴械投降，对我说："行吧，你回去吧，你早点回去也好，出了事我负担不起这个责任。"我连连说对不起，对不起，但对不起已经毫无意义。我那时想，我和李离离家出走的原因终归不同：他是个父亲不在家，整天被母亲暴揍的野孩子；而我呢，父母良善，极少责备我，我一直生活在娇生惯养的环境里，想离家出走无非是过腻了，想找找刺激，并证明自己有找刺激的胆量。这两种出发点有本质的不同，我可以随时随地掉转方向，回头投入母亲的怀抱，而李离呢，等待他的只有暴风骤雨般的拳头。

我们又往回走了一点，在那个三岔路口分了手。我拎着最后一点胆子往回走，李离则赌气似的踏上了另一条无人小径。我走三步还回头看一看，而他没有回望过我一眼，渐渐走入无声无息的黑夜里，我则朝着安全的家进发。

到家时已经是清晨六点，奶奶坐在院子门口的竹椅上望着我，她看见我回来了，立刻扑了过来，把我揽入怀中又搓又揉，嘴里不停念叨，我的大宝贝孙子哟。我不自觉地朝李离家的阳台张望了一眼，阳台上晾满了他和他妈的衣服，我没有勇气去告诉他母亲真相，只能像个温顺的宠物一样，仍由奶奶反复摩挲头顶的毛发。

再见到李离已经是三天之后，当我掀开医院那充满消毒药水味的床单时，耳边传来的是火车呼啸而过的噪声。那天夜里，我和李离分道扬镳后，他又走了大约三个小时，埋伏在地平线下的太阳使他产生了一丝恐惧，他明白，只要天光大亮，他所有离家出走的梦就会顷刻覆灭，母亲会发动所有认识的人从城市的四面八方围过来，将他擒住，带回去。在恐惧的驱动下，他做了一个重要决定——骑着火车逃走。

李离躺在白色的床单上，目光呆滞，悲剧使他少了一小截腿，下半生成为不折不扣的瘸子，但又救回了一条命。他的母亲一边削苹果一边叹气："都是我的错，没把你看好。"但说完又自言自语地说，"叫你跑，叫你喜欢乱跑，现在好了，哪里都跑不了了。"

那是我倒数第三次见李离，此后的几年间，父母再也不允许我和他有来往，他们生怕李离再次拉上我离家出走，从而让我也陷入不幸的深渊中。那些年月里，我被关在家里做作业，空调发出嘈杂的噪声，没多久，我们全家搬离了访冬巷。听说那之后不久，铁轨也被拆掉了，城市在不断地生长迭代，旧的东西总将倒塌，很快那条铁道就被废置了，没有孩子再去那里玩，更久之后，孩子们都有了游戏机和电脑，对于这种老旧的刺激，再也提不起兴趣。

彻底离开这座城市的前一天，我将李离邀出来喝酒。他初中毕业后便念不下去书了，在社会上混了几年，也没混出什么名堂，后来靠家里关系，成了一个抄水表的，每天没事就绕着大半个鸟里走。他取笑自己说——和沿街讨饭的乞丐没有区别，但很快又安慰自己，总比没有工作好。并没有人念及他腿脚不便，给他什么恩惠，相反，生活一次又一次举起机枪扫射他的自尊。在临行前的饭局上，他举起酒杯说，兄弟，祝你一路顺风。

我莫名其妙地去了北京，后来的许多年里，我对这件事反复思考过，有人是因为梦想去了北京，有的是因为生存，唯独我，是为了一个高中时暗恋的女孩去的北京。最终我成功将她追到手，但不到半年又互相厌弃、分手，再然后我们毕业、工作，我再度谈恋爱，遇上了现在的妻了——一个本地人，因此，我不得不在这座遥远而陌生的城市扎根下来。李离知道我定居北京后，话语里是艳羡的，他说我实现了他的梦想，但我并不知道这梦想是什么。

美院毕业后，我从广告公司的小设计做起，一路做到了创意总监的位置，但心中对美术和绘画已经没有任何想法。偶尔，老婆会挽起我的手去看展览，但我只想在被窝里多睡一个钟头。我时常想，李离太可怜了，但这种可怜又让我生出一种幸存者的侥幸，当年的决定虽残忍却明智，如果我继续和李离走下去，那么被火车吞掉一条腿的可能就是我了。

这龌龊而幽暗的小心思多年来饲喂着我们的友谊，这种不平等的关系让我感到自己像个大善人，依靠给李离的孩子寄玩具，给李离买各种东西，来彰显活得比对方灿烂，我不太清楚他在乌里的生活，但我知道，肯定比不上北京。那里永远肮脏、落后、腐朽，或许这就是李离当初不顾一切要离家出走的根本原因。

我和李离就这样浸泡在各自的生活里，这培养皿虽有些微的差别，但本质上都是一个巨大的玻璃罩，我们在里头上演人生的悲欢离合。建筑和风景，还有生活习惯自然都是不同的，但妻子的唠叨、房贷、讨厌的工作总是如出一辙。我也时而在电话里对李离抱怨这些，他只是笑笑，不说话。那次事故之后，他变得沉默寡言，就像独角兽的角一夜之间被拔除，此后，他一直以沉默来疗养伤口，好像少说话，人们就能少提起那桩悲剧似的。

去年过年回乌里时，李离和我讨论起了买车的事情。我没有告诉他，我的那辆车是妻子家里买的，四十万。李离说他考虑买个七八万左右的车子，但钱不够，想先付一笔，然后慢慢还车贷。他说孩子的奶粉钱、房贷还在背着，现在又来了个车贷，真是三座大山啊。我笑一笑说："现在谁不是如此呢？"

去车行看车后，我和李离沿着乌里的墨水河慢慢散步，天边残阳如血，这让我又想起了离家出走的事情，那一天，天色也是如此，壮烈而凄婉。李离突然停下来，递给我一根烟，我说不抽，他便独自抽起来，抽了三口之后，话匣子就打开了，再之后听到的事情感觉就像一场梦，我根本分不清其中的真假。

李离讲，那天我离去之后，他独自沿着铁轨走，信心十足，但走到一半时，碰到了一个蓬头垢面的流浪汉，流浪汉在深夜里发出诡异的笑，嘴里还念叨着"画得不错，画得不错"。李离听到这句话，吓得拔腿狂奔，但没想到，跑了一阵后又遇到了一个流浪汉。这时李离停下来，抽了一口烟，风吹皱了他的表情，夕阳的霞光让他的眼神显得迷醉，他继续说："我不知道流浪汉与流浪汉之间有什么区别，但我感到自己遇上了鬼打墙，也就是说，铁轨把我困住了，我出不去了，只好焦虑地站着，那流浪汉也站着，对着我傻笑。那个时候我无比希望有一辆火车经过，停下来，带我逃走。火车倒是过去了一辆，但开得速度飞快，丝毫没有停下来的意思。"

"你可以像我一样，沿着来路折返。"

"没用的，根本没用。"李离摇摇头，陷入沉思，过了半晌又继续说，"我渐渐从黑走到了红，又从红走到了白，四周的一切都逐渐清晰起来，但我仍旧找不到前方的路，这时太阳在地平线上，隐隐约约要升起，我陷入一种梦想毁灭的恐惧中。突然我听到一阵强烈而刺耳的隆隆声，火车像一条刺有金芒的龙，朝我飞过来。我那时想，这是不是就是我的坐骑，于是我毫不犹豫地跳了过去。"

"后来的事情，我想你也知道，火车像甩虫子一样轻易地将我扔了出去，落下地时，一条腿被火车碾过，就成了现在的鬼样子。"李离将烟扔在地上，用力地把烟灰碾碎，火苗渐渐熄灭，就像他昔日的愿望那样，轻易地破灭了，"世上根本没有什么坐骑，我们都跑不远的。"

我开玩笑回道："怎么没有呢，你买辆车就有了啊，开着车，想去哪里去哪里。"李离笑了笑说："以前是没有车，想去远方。现在是有了车，但哪里也不想去了。"我看到他眼里有某种亮晶晶的东西如金乌西坠，消失在了茫茫的黑水中。

顿了一会儿，李离的神情忽然变得十分严肃，他说："这并不是最重要的，那个流浪汉和那列轧了我腿的火车都不重要。我那时被轧了之后，还从血泊里站了起来，朝四周望了望，打算继续走，我不知道自己当时哪儿来的勇气。走了约莫五分钟后，柳暗花明，发现到了一片居民区，那时我竟然欢天喜地地想，自己终于逃离了魔掌，我想赶紧处理好伤口，就在这个新的地方开始生活。可是走了没多久，我突然看到巷子口的那块水泥砖上写着三个字——访冬巷，那时我觉得自己被戏弄了，这铁轨难道是一个圈吗？我明明是沿着铁轨走的，为什么还是走回了原来的生活轨迹？在医院里，穿白大褂的医生为我处理了腿的问题，他说还能走，只是瘸了，我妈放声大哭。听到我出事的消息，我爸也从上海赶了回来，然后把我妈痛揍了一顿，问她为什么没照顾好我。我两眼放空地坐在病床上，满脑子想着铁轨的问题，这铁轨为何是一个圈。"

李离说完后，我陷入了良久的沉默之中。我想，难道是那次被火车撞的经历给他的打击过于沉重，以至于记忆出现了某种程度的偏差？但我又不敢贸然否定他的言语，只好故作感兴趣地说，怎么会有这种事，说完后在心里窃窃直笑，我可是个思想成熟的成年人，怎么会信这种鬼话呢？

回家后，我将此事告诉妻子，她也窃窃地笑了起来，过后不久又说，这或许是真的，但只可能存在于电影、漫画、小说之中。一个月后，妻子要约我去看展览，我问主题是什么。她说，这个展览没有主题，就是一堆照片而已。我说一堆照片有什么好看的。妻子答，看了你就明白了。

就在那个难得晴好的下午，我和妻子一道步入了美术馆中。巨大的黑白照片将整座场馆包围，在入场处没有任何关于这位艺术家的介绍，而里头的照片则都是城市里破烂的街景，有湖面上废弃的鸭子游船，有捡瓶子的拾荒者，有灰头土脸的建筑工人。我在这些黑白照片里来回打转，试图寻找自己感兴趣的东西，但走了许久，一无所获。最后，妻子停在了一张巨幅照片面前，照片下角写了一行小字——《城市之眼》。

那是一幅巨大的黑白照片，照片上有一个圆圈，仔细看，是由铁轨构成的。妻子说："你不觉得这种感觉似曾相似吗？"我说："是的，这不就是李离说的事吗，铁轨成了环状的，首尾相连，起点就是终点。"吃惊之余，我跑去问展览工作人员这些照片的真伪，但工作人员摇摇头说，没人知道，这只是收集来的作品而已，连艺术家的名字都不知道。

冥冥之中，我感到这幅画与我之间有着某种渊源，我又想起李离那个逼仄而阴暗的家。年少时，他常摆弄一台照不出任何照片的坏相机，他说那是他父亲留下的，天隔一方的父子仅靠这台冰冷的机器维持着关系。我没敢问李离这幅照片是不是他拍的，这些年来，他深居简出，仿佛除了工作和照顾家人，再没有听到任何有趣的新闻。我无法相信，他竟是一个深藏不露的艺术家，这意味着多年来我建筑的信心在一夕之间毁灭了。事实上，我什么都不是。

夜里，我躺在床上，再次向妻子提及那段离家出走的记忆。黑暗里，我摸着妻子的手，像抚摸一段冰冷的铁轨，铁轨那头并没有传来任何回音。再过不久，妻子陷入酣眠，发出平稳而清晰的呼吸声，那声音在寂静的卧室内发出空旷的回响，像火车经过，碾碎我的回忆。

第二天早晨醒来时，妻子失踪了，仅留下简短字条，贴在冰箱上。白纸上是猩红的笔迹——"我离家出走了，不要告诉我父母。"她没有说什么时候回来，也没有说什么时候走的，她的衣物、日用品……所有的气息还留在这间屋子里，但人却真真切切地离开了。我坐在沙发上，反复思考哪个环节出了错，但一无所获。妻子的离去像解开套在身上的锁链，我在瞬间获得自由，也在瞬间失去方向。

"离家出走"四个字再度像魔咒一样箍住了我的脖子。我无法理解这些人对离家出走的盲目崇拜，妻子如此，李离如此，我们到底做错了什么呢？我想起李离的话，他说访冬巷没有错，所有人都没有错，错的是都太正常、太对了。我那时露出讥讽表情，反问他："这有什么问题吗？"李离没有答话，陷入一场对自行车的执着修理中，他捣鼓自行车做什么呢？他根本骑不了那玩意儿。

妻子的失踪使我的生活失去重心，所有沾沾自喜的物件都在悄然崩塌。妻子离开，我将恢复单身汉的生活，更可怕的是恢复异乡人和外来者的卑劣身份，这样我和李离也就没有任何区别了。在恐惧中，我向公司告假，打算回访冬巷一趟。在收拾屋子时，我从妻子的枕头下发现了那张《城市之眼》的明信片。都是这东西坏了事吧，我将明信片放进包里，锁好门，离开了家。

这趟旅程有八百多公里，我独自上路，这和离家出走也没什么两样。临行前，我反复检查了车的零件设备，然而路上还是出事了。那天早晨阴转小雨，我起了一个大早朝乌里进发，走到高速上一路顺畅，下午两点的时候，突然开始起雾，接着是下雨，我打开了雨刷，但仍感觉自己穿行在茫茫的大海中。雨势越来越大，雨刷的动作却越来越慢，车慢得像人在泥沼中穿行。这时我想，我手中仍握有两个选择：一、打道回府，安全抵家；二、不知死活地前进，赌天赌运赌命。

　　妻子的离去真的对我那么重要吗？这些年来，我对她的感情越来越淡，夜里也不想动她，我们两个人以最低的道德底线维持着彼此的关系，相敬如宾，但都深知初相遇时的激情早已随岁月逝去。她是个不安分的人，有时会和我探讨一些文学、哲学的话题，可我毫无兴趣，我已经不是上学时那个假惺惺的文艺青年了。在某天夜里，妻子给我泡了杯咖啡，问我要不要一起看《革命之路》，这部电影是小说改编的，原作者是理查德·耶茨。这电影我早有耳闻，过去也有过匆忙一瞥，我毫无防备地回绝道："少看那种片子，那女主角作得要命。"妻子立刻变了脸，将咖啡杯弄得叮当响，褐色的液体洒了一地，但也没有和我发生真正意义上的争吵。最后，她独自清理了垃圾，回到房里，拉上窗帘，开始看书。

事情是从那时候起了变化吗？我实在无法确定，但我想妻子和李离在本质上有着某种共通，不然她也不会把那幅作品藏在枕头下反复观看。朦胧的大雾中，我仿佛穿行在妻子的梦里，梦中，她假装在我身旁睡着，当我陷入深深的睡眠后，她又拧开床头的夜灯，独自看起那张明信片来。这照片就像一列穿行而过的火车，装着富有蛊惑性的货物，一旦打开那些货物，粉末四溢，这个人就再也无法在房间里安静地坐下来了。

　　依靠着所剩无几的运气，我最终还是安全抵达了乌里。在中央大街上，我看到了李离，他脖子上挂着个通体漆黑的相机。我摇下玻璃窗，对着他喊了一声："李离。"他看了看我，一瘸一拐地走过来说："哟，什么风把你吹回来了，你不是才走没几天吗？"

　　我把车子停在一个小吃店旁边，这小吃店在三年前是个花圈店，在更早之前是一个水果店，更早更早以前叫"永宁副食"，那时我和李离常流连于此，收集《水浒》英雄卡，仿佛集齐一百零八将，就真能将江湖搅动得腥风血雨似的。

　　我把妻子离家出走的事情一五一十告诉了李离，他边听边把饺子浸泡在醋里，脸上还是笑眯眯的神色，丝毫不感到吃惊。他说："我告诉你，女人就是喜欢玩离家出走的把戏，你老婆不是第一个，也不是最后一个。"我反问："难道还有人也这样，你老婆这样吗？"李离放下饺子，摇摇头说："我老婆不这样，但我妈这样。"

我这才知道李离和他母亲搬到访冬巷是彻头彻尾的骗局，他的父亲常年在上海打工也是一句假话。事实上，他的母亲是离家出走的，一个怀胎五月的孕妇独自来到一座完全陌生的城市，出走的原因不详，大部分时候，李离认为是父亲的暴力所致。当年他躺在医院床上，也是最后一次见他父亲，再之后，他们一家人就像干枯的头发，痛快地分叉了。

"那你为什么要走呢？你走了，你妈可就一个人了。"

"我必须走，这是我的宿命，我就是个拖油瓶，会妨碍我妈改嫁。"

这时访冬巷口大雾弥漫，我们仿佛坐在云中，只恨身边没有两个童子。李离昂起头，给自己灌了一杯酒，喝完酒后，说他要离开了。他的生活节奏固定，每天早晨八点上班，独自走到各单位的楼顶抄水表，然后趁着间隙去拍照，下午下班后再拍一会儿，没想过要怎么样。

我把那张《城市之眼》的明信片拿给他看，问是他拍的吗。他说是，我又问他："这是哪儿？"李离沉默了一会儿，没有回话。我斩钉截铁地说："这不可能是真的。"李离说："你认为是假的，就是假的，这不重要，世上不存在绝对的真理。"

我提议开车带李离去各处抄水表，这样他尽快完成工作后，我们便可以小聚，重要的是——再去那条铁轨看看，我倒要看看那里是不是真的有什么鬼打墙。李离摆摆手，拒绝了我的要求，他说乌里只有这么大，谁跟谁都认识，若是被人看到，说给单位领导去了，他就晚节不保了。

我找了一处空地把车停稳，背着手跟在李离后头，像他身后长出的尾巴，但我这个尾巴不听话，老是想朝前支棱着。李离瞪着我，试图将我这条尾巴斩断，你可以去别处转转，不必跟着我。我说这可不行，我想看看伟大的艺术家是怎么工作的。这句话虽是恭维，却暗藏了无数醒醒的小心思，出口时，我才知道已经酿成祸端。李离一瘸一拐地超过了我，走到前头的山坡处，回头望了我一眼："你不必这样讽刺我。"

尽管我亦步亦趋地跟着，他并没有改变他生活的轨迹，该拍照还是拍，我这才发现他擅长将现实场景组装到不可思议的场景中。当我们经过林记肉铺时，他通过猪头的错位拍下一张老板的照片，从照片上，老板就像长着一张猪脸似的。等走到学校门口时，他又将树枝替换为少年的手。我说，你拍得挺有趣的。李离笑了笑，我这是没趣找趣。

我这才发现，李离的时间是由一张一张水表单和一张一张照片构成的，这些东西就像一块又一块的砖瓦，重新搭成了他的流浪者小屋，他俨然已成为铁轨上的游魂，火车碾死了他的一段梦想，但那些不死的东西又从他衰败的肉身中破土而出。

"所以《城市之眼》也是一张通过视觉错位拍下的照片吗？"

李离点了点头说："跟我去我家吧，去了你就会明白。"我随着李离拾阶而上，好几次，我开玩笑说，让我来当你的坐骑吧，我驮着你走。然而李离一次也没有同意，他顽固地跛着腿，一阶又一阶，艰难沉重地前进着，每一步都踏得无比扎实。楼梯里幽闭的气味让我陷入更深的愧疚之中，我是罪人，却常常觉得自己清白无比。

走到六楼时，李离没有拿出钥匙开门。我说你家不是到了吗？李离指了指旁边的旋梯说，还有一层。就这样，我来到了李离的空中花园，那里布满了植物与鸟笼，像一处精致的丛林小屋，透过落地玻璃窗，整座城市尽收眼底，荒废的铁路像深邃的眼珠一样，凝视着我们。

"这是我的家，"李离说，"想去哪里，就去哪里。"

驯鸟

　　我没多少乡村生活体验，长到现在，绝大部分时间住在城里，没怎么见过山谷，没见过原始森林，更不知道瀑布如何流动，这是独属于城市孩童的经验匮乏症。除了那些用以做菜的动物，诸如鸡鸭鱼类，我也叫不上其他动物的名字。十岁那年，我们全家离开筒子楼，搬进一座新建成的小区，从此以后我连蟑螂老鼠也看不见了。

　　不知从何时开始，鸟类也不再光临我的家园，记忆中关于鸟的事全停留在八岁那年的下乡之旅。那一年，农村有亲戚去世，我们去奔丧时顺便住了两周。那些房屋用石头和土砌成，房顶奇高，下雨时水不断渗进屋子，没有地板也无瓷砖，只要食物掉在地上，蚂蚁就会立刻聚过来。夜里，风从砖头缝隙渗进来，偶尔能听到几声野兽号叫，但具体是哪种野兽，我说不上来。

这是一座名为丁集的乡村，距离大山还有些距离。这里大部分人姓丁，我也姓丁，父亲说，我们家祖坟就在这儿。我问父亲，我们以后会葬在这里吗。他摇摇头说："不，这里没有我们的位置，我们要葬在公墓。"说完他又弹了下我脑门说，"小孩子，说什么死不死的，快朝地上吐几口口水。"人们说，说错话，只要朝地上吐几口口水就能把说出的句子吐掉，不然厄运将一直跟着你，直到进入坟墓。那时我年纪尚小，并未感受到死亡的惘惘威胁，只是在父亲的逼迫下，朝地上吐了点口水。那些口水很快被土地吸收了，父亲满意笑了笑，好像土地公收到了我忏悔的讯号。

我在那儿住了两周，头一周一直拉肚子。这里的娃哈哈只卖城里一半的价格，母亲贪便宜买了一箱回来，我没事就喝，终于喝到腹如刀绞，高烧不退。母亲这才发现那东西不叫"娃哈哈"而叫"哇合哈"，除此之外，包装、颜色、味道和"娃哈哈"一模一样。母亲皱了皱眉说："果然不能相信这里的东西。"而丁集的亲戚则说"这是水土不服吧，我们这儿的娃都喝得好好的"。

第二周，我终于痊愈，不敢再碰任何饮料，只喝井里打上来的水。没事的时候，我就和那些叫不出名字的亲戚小孩去村里唯一一间游戏机厅打拳皇。有一天，鏖战正酣，忽然有个小孩拍了拍我肩膀说："你想去山上看看吗？"想，我立刻答应。

但事实上，我并不认识那个孩子，暂且叫他丁甲吧，反正这里的人都姓丁，不是丁甲，就是丁乙，或者丁丙。

丁甲手上拿着镰刀，走在我前头。上山之前，他砍了一截树枝交到我手中，说："别看山不高，你们这些城里孩子体力不好，走着走着就走不动了，这树枝能当拐杖，就像多了条脚。"我接过拐杖，拿在手里把玩了一下，这树枝像一把木剑，颇为趁手，恍惚间我以为自己是走丢的古代侠客。

山并不陡，但我们选了最难走的路，这条路荒草丛生，丁甲左手拨树，右手执刀，一直在前面领路。我问为何不走那条别人走出来的好路，他说那条路上山太慢了，等折返回来天就暗了，天一黑，什么妖魔鬼怪都出来了。我点了点头，但心中又冒出新的疑问——"我上山干什么呢？"

一走进山，山便不是山了，它是城堡，是房子，或者一个不知名的巨兽。"山是这样吗？"我问丁甲，"为什么和我想象中不一样呢？"

"那你想象中，山是什么样？"

"巍峨，壮美，高不可测。"我想到了一些书本上看来的词语。

"但有些山和你想的不一样，人和人有区别，山和山有区别，我们丁集的山就是这么矮。"

目之所及，一片荒凉，山里没有好玩的东西，我起了打道回府的念头，丁甲拦住我说："别急，我待会儿让你见识见识。"于是我又跟在他后头走了半小时，终于走到了山顶。从山顶俯瞰整座乡村，感觉还不错，但也仅止于此，要我长住在这闭塞小镇，绝无可能。我找了块大石头，坐下，望着丁甲，想看看他葫芦里到底卖的什么药。

"你要不要听个故事？"丁甲笑眯眯看着我说，"我小时候经常上山玩，拿着弹弓，打野鸟。有一天，我看到一个驼背老头，他没有手，腿也是跛的，他告诉我他会驯鸟，要鸟儿朝西边飞，鸟儿绝对不会向南。我一开始不相信，继续玩弹弓，但过了一会儿，我听见他嘴里发出一种有节奏的鸟叫，紧接着藏在树林中的鸟全都飞了出去，林子里静得不得了。"

"这么说，他懂鸟语？"我从未听过此等奇事，于是拉着丁甲问，"你没有骗我吧？"

丁甲神秘地眨了眨眼说："你等着。"没过一会儿，他身体如虾一样蜷缩起来，接连发出呕吐声，呕了五分钟后，一声清脆鸟鸣从他嘴里响起。我看到了一件不可思议的事——丁甲吐出了一只鸟。那鸟从人嘴里飞出来后在天上转悠了几圈，丁甲吹了几声口哨，模仿鸟叫，那鸟很快朝南边飞走了，消逝在天际。

"真有意思，你可以教我吗？"那时我尚年幼，不能分辨事情真伪，我相信眼前看到的一切。丁甲像个小大人似的，拍了拍我肩膀，语重心长说："没有强烈想飞的欲望，就没法控制鸟类。"

我们站在山的边缘，并排尿尿，尿液离开我们身体，朝崖底奔去。远处，太阳像块大饼，挂在天上。丁甲提醒我，太阳即将落山，落山后，山就不归人管了，这是个野兽频出的地方。我从树边拾起自己的木拐杖，随丁甲下了山。上山容易下山难，明明是同一条路，下山时，却成了一条拉面，好像有不知名的大手将路越抛越长……下山后，天已全然黑透，村口的土狗朝我们狂吠了两声，好像在催我们回家吃饭。

由于我和父母从城中远道而来，丁集的人格外热情地给我们准备了一桌饭菜。丁甲无父无母，跟着奶奶长大，吃百家饭，亲戚见他同我一道归来，也就邀他留下一起吃饭。在席间，我看到许多叫不上名的怪菜，其中有一道菜是"毛鸡蛋"。乡亲们说，毛鸡蛋很有营养，父亲则告诉我这是鸡蛋在孵化过程中受到不当的温度、湿度或者是某些病菌的影响，导致鸡胚停止发育，死在蛋壳内尚未成熟的小鸡。

"那究竟是鸡还是蛋呢？"

"这不重要，好吃有营养就行了。"

实际上这道菜完全谈不上可口，吃起来更像是受刑，我吃了两口就扔在一边。过了几分钟，又上来了一道菜，这道菜叫"油炸麻雀"。乡下亲戚很热情地介绍："麻雀不需要拔毛，直接从嘴上边撕开，褪下整张皮就可以了。内脏直接揪出来，弄一碗鸡蛋糊，加点干淀粉，把麻雀在碗里蘸一下，裹上鸡蛋糊，在油锅里面炸，炸熟就可以了。"

一共十只麻雀，一个人一只，刚好分完。这时丁甲突然停下筷子说不吃了，然后跑了出去，在外头逗猫。大人们将麻雀扔进我碗里说："他不吃，你吃，没妈的孩子性子就是怪。"吃饭吃到无聊时，有人开始议论丁甲身世——丁甲家里很穷，很小的时候，父母就出去打工了，父亲在工地上班，母亲在城里人家里当保姆。三年前，他爸爸在工地上出了事，死了，一年后他妈也改嫁了，不知所终，丁甲彻底从留守儿童变成了没人要的孤儿。

丁甲奶奶是文盲，孙子也没有读书基因，在村里上了两节课就上不下去了。别人在教室里读书，他就去山上打猎，经常带回些死兔子，嘴里还念念有词——"把兔子卖了，赚够钱，就去城里，这里不属于我。"他总这样说，兔子却卖不掉，即使卖了，也挣不来几个钱，一年下来，也就够丁甲买条新裤子。"这孩子有一种和身份不符的野心。"村里最有文化的老头是个儿时念过私塾的老先生，他说："什么人什么命，人最重要的是乐天知命。"

第二天早晨，我随父母离开了丁集。走的时候，丁甲嘴里衔了根草，跟着我们的车走了很久，车总是比人跑得快，一会儿他就跟不上了，我从车窗里探出脑袋，去寻他的声音，道路两边都是田野，像魔方一样的田野，那些魔方渐渐将丁甲挤得消失无踪。我将头转回到车里，经过两小时车程，返回了熟悉的城市。

自那次以后，我们再也没有回过丁集，爷爷死后，埋在城内公墓，每到清明，我们就去公墓上坟。母亲对这件事感到满意，她说人埋在田地附近，怎么找得到，荒山野树，还是城里规矩些。又隔两年，奶奶去世，和爷爷葬在一起，合墓。老人相继去世，我们与乡村的关系越来越远，也再没有听到任何有关丁甲的消息。

大学毕业后，我不顾父母反对，到了北京工作，混了七八年，一无所获，买不起房，身份尴尬，陷入"中年危机"。在一次大病后，我陷入噩梦幻觉，梦中，总有一只鸟在头顶飞来飞去，我有时是持枪猎手，有时是执剑侠客，有时只是一个手握屠刀的屠夫，但无论是拿枪射，用刀剑砍，还是使用弓箭，都伤不了那只鸟半分半毫。

身体越来越差，在父母的要求下，我收拾行囊，回了老家。至少一日三餐吃得好些，带着这种信念，我回到故乡，洗心革面，修改作息，日升则起，日落则眠，俨然七八十岁的老头。

早晨醒来后，我无事可做，就去家附近爬山。那座山一直没有变，一直那么矮，但爬山的人大部分都死光了。我第一次去时才五岁，那时爷爷奶奶还在，奶奶会在半山腰停下来，面对一棵松树，修习气功，爷爷则带着我继续朝山顶爬去。

再次回到故土，就好像面对过去的自己，那时我还是个泥人，尚没有被捏塑成形，但幼时记忆深深嵌在了脑海深处。我在这座山里慢慢朝上爬，走不了几步就气喘吁吁。年纪越大体力越差，岁月不轻饶任何一个人，尤其是我这种懒惰的人。

"小伙子，身体不行啊……"一个提鸟笼的白发老者快步超过我。我索性停在路中央，想着养精蓄锐，待会儿一鼓作气超过他。我倾斜身体，低头，面对砖石地面，产生一种畏惧感——人生就这样不断爬坡，不断爬坡，谈何解脱。风从四面八方吹来，大蚂蚁从脚边经过，我没来由地想踩死它，但终究还是没有。那蚂蚁可能是人类世界的我，留它一条生路，等于留我一条生路。

休息好了，再抬起头，那老者早已消失，但我想我们会有再见的机会。上了山的人，总要下来，只要我一刻不停朝前走，总能在这条路上与他会面，于是我加快了步伐。走了一会儿，山像被清空的废弃宅邸，一点儿人声都没有，唯一的声音就是鸟叫，此起彼伏的鸟叫。我想起十天之前，我还在北京的地铁上，身边一个年轻人正拿手机和人讨论A轮融资B轮融资的问题，我在北京听过太多乱七八糟的人声，还不如鸟儿的叽叽喳喳。

又走了一程，我发现这座山并不只有一条路，在我面前，无数小岔路像人类筋脉洒落下来。其中一条道上堆满了松树，在松树遮掩下，那一颗颗花白头颅像雪一样，点缀其间——提鸟笼的老头们挤满空地，密密麻麻。我斜瞥一眼，瞥到了之前嘲笑我的老头，他站在最外围，背手提着鸟笼，踮脚想挤进去。

我有理由相信遛鸟的大爷们已经建立了一个全新的"宗教"，和摄影、做僵尸操、跳广场舞、打麻将一样，在贫瘠荒芜的晚年，摸索到一点儿生命力的影子，然后沉浸其间，忘乎所以，忘记死之将至。

人们簇拥着那鸟贩子，七嘴八舌讨论着，我驻足旁听了一阵，大概听明白了整件事的来龙去脉——这个人卖的是放生鸟。放生鸟，顾名思义，是为了积德行善放生的鸟类，其中以麻雀、喜鹊这种常见品种为多，但也有一些狠货。大爷们这番争来抢去，无非是想瞧瞧名贵品种。

"买一只吧。"心里头有个声音反复挠痒，那声音越来越耳熟，瞬间将我拽回八岁那年的深山老林。我拨开人群，挤到前排，忽然发现那鸟贩子有些眼熟——下巴更尖了，但还是平头，嘴唇上有颗痦子，眼睛略微斜视……没错了，是他，是丁甲。

我还没有开口，他就已经认出了我，他笑了笑说，你怎么来了？我没好意思坦白自己辞职回老家的事，只是随口敷衍说，请假，回家休息几天。他说好，要不要来看一下，买只鸟回去给叔叔玩一下。

我琢磨着等人群散去，再和丁甲叙旧。我们两个年轻人，站在这群老者之间，显得格外不合时宜，比那些珍稀鸟类还要独特、奇异，甚至散发奇怪色泽。丁甲见我皱眉，瞬间就把摊子一卷说："不做了，不做了，明天再来。"

老人们败兴离去，仅留我和丁甲，同一些鸟类待在一起。丁甲的皮肤更黝黑了，看起来做了不少粗重工作。他跟我讲，五年前他就离开老家来到了这里，起初是卖手机，但同行说，偷手机卖更赚钱，可他手脚不行，做不来。后来手机生意不好做了，他就开始跟着人卖鸟，也是投机倒把，拿一批鸟循环卖。先以放生鸟名义卖出去，再在人放生后，把那些鸟捉回来，如此循环往复。

"你不是会吐鸟吗？"

"你还真信？我给你变个魔术而已，你们这些城里人，总是这样，少见多怪。"

我感到自己被一个谎言统治了三十年，这谎言一直霸占着脑内的一隅，给我一个虚无希望。我希望哪天也能学丁甲一样，学会驯服这只不安分的鸟，可实际上，这只鸟根本不存在。

"所以，你会驯鸟？"

"不是我会驯鸟，根本不用驯，这些鸟在人类手里倒腾来倒腾去，早就疲倦了，不等我来驯它，它自己就懒得飞了。长翅膀有什么用，吃不到食，照样饿死。"

丁甲把鸟笼用铁钩束起，统一串在一辆三轮车上，然后再在三轮车上覆盖一层薄布，布上有许多密密麻麻的气孔："得让它们透气，要不然一会儿就闷死了。"

丁甲讲，山脚下有个饭馆不错，要不我们先下去，等下一起过个早。我站在半山腰，觉得有些可惜，再爬大约半个钟头就能到山顶。我对丁甲说，要不你在这儿等等，我先爬上去看看，很快下来找你。他摸摸我额头说，兄弟你没发烧吧？大早晨的怎么非要跟自己过不去，爬上去是有金银财宝等着你捡吗？

"我帮你把车推上去，你和我一起上去，顶上人多，你生意更好。"我鼓动丁甲和我一起上山，这样一可以满足我的私愿，二可以做成他的生意。

丁甲低着头，踢了会儿石头，还是和小时候一样，凡事都喜欢停顿，想一想。他想了一会儿说，行吧，你就搭把手，主要还是我来推。

一路上无聊，我就和丁甲说故事。我说到大学时喜欢借哲学书看，看过一个法国作家加缪的书，叫《西西弗的神话》，讲的是古希腊时一个叫西西弗的人得罪了诸神，诸神罚他把巨石推到山顶，然而，每当他拼尽全力将巨石推上山顶时，巨石就会从手中滑落，滚到山底，所以西西弗只好走下山，重新将巨石向山顶奋力推去，日复一日，陷入永无止境的苦役中。

"我觉得重点是那块石头，就像咱们现在这样，手里头有辆破车和一堆鸟笼子，如果没有这些东西，咱们就轻松了，还推个什么。"

"重点是肯定会有那块石头，那是诸神的惩罚，就像我们活着，天生携带的东西。举个例子说，就比如野心，像鸟想飞，豹子要猎食，鱼渴望游泳一样，一种原始本能。"

"你是文化人，我是粗人，不明白你在说什么。我只知道我们现在已经决定上山，手里头还有东西，就只能这么下去，至于别的，我不想想，也想不明白。"

我这才发现，我和丁甲之间始终隔着一堵墙，这堵墙自出生时就存在，壁垒越来越厚，越来越坚实，没有任何破洞的可能。我们能偶尔聚在一起，说说话，都是借着砖石的微小缝隙，这缝隙，是光透进来的地方。

推了一会儿车，路越来越陡，丁甲讲，一般路陡起来就说明快到山顶了。路是人修的，人就是有这种毛病，到了临门一脚，格外急，迫切想把路修好、走通，所以一般快到山顶都是陡坡路，修路的人和爬山的人都已筋疲力尽，只想尽快结束这漫长旅程。

"到了，终于到了。"我撒手，车子没有滑动，路已平，我们终于抵达了山顶。远处是长江，江水浩浩荡荡，奔流不息。我走到山体边缘，忽然觉得一阵恶心，胃液翻涌，我和丁甲说，我有点想吐。

"吐吧，吐出来好受些，就吐吧。"

云层漏下第一缕光时，一只麻雀从我嘴里跌跌撞撞飞出来。一开始，它飞得不稳，摇摇欲坠，但过了一会儿，它突然振动翅膀，朝前冲去。蓦地，一阵狂风吹过，掀开罩在三轮车上的黑布，鸟笼忽然全部碎裂，禁锢已久的鸟瞬间飞起来，飞往远方天际。我看到丁甲低下头，捂着胃，微微喘息，好像那些鸟儿全部是他吐出来的一样。

南方野人

我对着镜子，观察腋下，那里的毛发浓密、丰盛，像无数野草在山坳下沉睡。一个声音从脑袋里猛蹿出来——快剃掉它。

第一次观察到腋毛是在六岁时，那时公共浴室还横行在大街小巷，我随母亲进入澡堂，人们相继剥下衣服，如蛇类蜕皮，但露出的身体并不如想象中光洁。我指着母亲三角区说："妈，你怎么这里长毛？"母亲摸摸我脑袋说："你也会长，只是没到时候。"于是，我一直等待那个时刻。又经过数年，毛发终于破土而出，稀疏潦倒，像横陈在荒野中的尸体，悬挂在我年幼的躯体下。

没人和我讲剃毛的事，母亲也不剃毛，所以，与L第一次赤裸相见时，我吃了大亏。事后，他穿好衣服，抽了根烟，打趣道："你怎么不刮腋毛？"我随口答："刮了还会长啊。""哈哈哈哈，你怎么这么懒？"那时他大约以为我下次就会露出一个光洁的腋下，可第二次时，我仍旧携带着那些丑陋毛发出现，于是他皱起了眉头，像个挑剔食客。"你没资格和我说这些。"我穿好衣服，重重关门，撞入夜色中。

我和 L 的相遇也在一个夜晚，那时 Live House 刚散场，我在门口闲晃，翻阅无人问津的独立唱片和乐队周边，突然从一大堆杂乱物中相中一张唱片的封面——封面上，一只毛发旺盛的猿类正在拔人行道上的树枝，经过的人皆惊慌失措、人仰马翻……我拿起那张唱片，突然听到有人说了一句："南方野人。"

硕大的封面上，那四个小小中文字龟缩一隅，我抬起头说："我买了，多少钱。"那人将唱片交到我手中，不停说谢谢、谢谢。

L 是一名独立插画师，说得更直接些，无业游民。他一年前来到这座巨型都市，和所有来此地"掘金"的年轻人一样，主动交上双手，任由"理想"绑架。设计乐队专辑封面是他一年来第一单生意，唱片共卖出二十张，收到佣金两百块。酒吧经理拍拍他肩膀说差不多了，同时用烟指了一下舞台上疲于收拾器材的演出乐队说："你以为他们赚很多钱吗？晚上消个夜就没了。"

我同情 L 的处境，但也不全是，和 L 在一起纯属年轻人的荷尔蒙冲动，我们在一起，做所有情侣都做的那些事——吃饭、看电影、做爱、一起养宠物……但彼此都知道注定与对方没有未来。

母亲每周都打电话询问我的生活情况，她说最近看新闻说有个词叫"空巢青年"，指的是在大城市奋斗打拼的年轻人，远离故乡、亲人，独居生活，缺乏感情寄托，没有家庭生活。末了，母亲又劝我回家，她说回家多好。我说好，好，好。挂掉电话又轻轻吐了一个反问句——"是吗？"

高中毕业那年，母亲发现父亲出轨，是在一个清晨。她拿出父亲手机，翻阅到诸多证据，一一指给我看，我说不出个所以然，想不到电视剧情节会轰然降临在自己身上。于是我安慰母亲，没事，可能是想多了。然而几番争执后，父亲缴械投降，承认了出轨之事。自那天起，我以为父母将离婚，家会被拆成两半，但转眼七年过去，父母不但重归于好，反而集体关心起我的婚事来。

我终于对父母和盘托出 L 的事，并为他编排了一个新的可靠的身份——某大公司设计师，出生于高知家庭，父母健在，老家有房。母亲又追问，那他可有打算在工作地买房？我敷衍道，有这个打算吧。

我们在欺骗与被欺骗中度过短暂一生，虽一直未能领悟母亲是如何与父亲重修旧好，并将私生子之事轻易抹去的，但无论如何，我得守着这点孝道，假意顺从，仿佛是在弥补对母亲的亏欠。我离家许久，一年仅回家两三次，我不在的时候，母亲究竟在过怎样一种生活呢？

"挺好的，早晨六点起来，去菜市场买菜，中午做饭给你爸吃，下午午睡、看韩剧，晚饭后跳广场舞，广场舞跳完后回家看热门电视剧和综艺节目。"挺好的，挺好的，母亲身体康健，性格开朗，且外公外婆已去世，没有赡养老人的重任，我也尚未成家，更没有孩子，她处在一个完全自由解放的状态里。

我和L说羡慕母亲状态，不知我们年老后是否会过上如此顺遂的晚年生活，L却埋头沉浸在他的画作中。他最近正在创作一部名为《南方野人》的漫画，讲的是一个被生活挤压变形的年轻人，在月圆之夜，毛发会瞬间生长，成为力大无穷的野人，就像蜘蛛侠、蝙蝠侠、钢铁侠，或者随便什么侠，从此走上惩恶扬善之路。

"你这种英雄太老土了，再说，这部漫画里必须有女主角吧，你认为谁会愿意与野人恋爱呢？"

大概在数年前，一则有关毛孩的新闻引起公众注意，媒体将毛孩事迹写成了励志新闻，说他如何如何从他人偏见中成长起来，变成一位特型演员，最终抱得美人归，可是女孩接纳这个丈夫的条件是必须做脱毛手术……

我把这个故事讲给 L 听，他笑着说，这么说，你也有野人固执的基因，不愿做出改变。我说，难道你不是吗？你也没有打算彻底融入群体之中啊？

L 沉默，笔在纸上走出无数线条，那些或粗或细的笔迹像人类毛发一般，野蛮生长。我对 L 说，建议在《南方野人》中引入一些新创意，不要总让他维持世界和平，他要有自己的生活。我们总是还没把自己的生活过清楚，就想着拯救世界，好像这世界特别期待我们的拯救一样，可是，谁稀罕啊？

所有人都建议 L 去谋求一份正式工作，拿业余时间继续创作。也有许多人附在我耳畔说，真正有才华的人都能赚到钱，他没赚到，说明没有才华。年长一些的则劝我，趁年轻，找一个好男人开始一段关系，别在这种神经病身上浪费时间。而我却渐渐发现，时间一久，我不再满足于和 L 做普通情侣。人们总希望关系趋于平和稳定，最好是能结婚、生孩子，仿佛这样就能给恋情一个真正的证明。

母亲继续隔三岔五催我带 L 回家，不然的话，她就要和父亲一起来我们这里，观察这个人能否成为陈家女婿。如不能，则希望我尽快结束恋情，不要空耗青春。我频频点头，搜索枯肠，寻找应对措辞，但每次都敌不过母亲的结论——你年纪也不小了。

我今年二十八岁，L年长三岁，他经常调侃说："我已经是一名中年人了。"我问他对未来有何打算，他总说没有打算，我又问，你不打算对我负责吗？他又说，难道你不应该自己对自己负责吗？

　　L成了我和闺蜜餐桌上的常议话题。闺蜜乐于解剖男人，她说L是典型巨婴，没有责任感，不值得托付终身，玩玩也可以，但我年纪也不小了，并没有多余时间和这种货色周旋。我们议论他如议论一件商品。中途去厕所时，L发来一幅插画，是《南方野人》的漫画封面，封面中，满身泥污的男人正拿着巨大剃刀在剃腿毛，刀片扫过处，一片血红……

　　相识近一年后，L主动向我提出分手，分手礼物是一幅插画。我问他，就这么结束了吗？他点了点头说，对。并没有使用那种"我耽误你了""我配不上你"的陈词滥调，这正是我欣赏的点，于是我对他说："能不能带我去看看你们之前做的那间木屋。"

　　和L相处这段时间以来，我频频听他提起那间山村木屋。那还是上大学时，他们在学校边的树林里发现了一片人烟罕至的空地，便决意自己动手修建森林小屋。他从学校图书馆里找来各种外国书籍，和室友老吴一起画图纸、砍木头……"每天修一点点，看见一座小房子平地而起。"L说，树林边是一片湖泊，他们还做了一只木船。我说，这不是梭罗的《瓦尔登湖》吗？L

笑笑说，他那时没有看过《瓦尔登湖》，只是想试着自己修建一座房子。

毕业后，同学们四散天涯，L成为一名广告公司设计师，而老吴则远走他乡去了西藏一个叫林芝的地方。到了那儿后，老吴重操旧业，继续动手生造房屋，最后又修起了一座房子。过后不久，一个念服装设计的女孩也去了林芝，二人成为夫妻，共同装扮那间木屋，他们亲手制作所有生活必需物品，自己动手做家具、衣物等。

我问L，你们大学时修的那个木屋还在吗？L说，在的，只是荒废了，如果你想去，我可以带你去看看。

L的大学在一座岛屿上，从市区上岛需要经过一条细长公路，公路仅能容许两辆大巴错身而过。我坐在大巴上，远眺湖景，想象年轻的L日日夜夜从这湖上行过。L对我说，冬天道路结冰时，还发生过大巴坠入湖中的事，我说，那不是要带游泳圈上学？他说，对啊，你看这里的司机每个人肚子上都有一圈游泳圈。

人年纪大了，新陈代谢减弱，腹部容易囤积脂肪，久而久之形成"游泳圈"，父亲也是如此。他年轻时是游泳健将，曾横渡长江，但中年后，便终日沉迷于烟酒、彩票之间，那圈人肉游泳圈确保了在俗世生活不会溺亡，但终究使他与年轻时那个自己划清了界限，父亲再也没有游过一天泳，看见他人跃入江中时，也不再生出欣喜神色。我看了一眼 L，试图在他腹部寻觅岁月痕迹，可那里如一片平原，空无一物。

"你没有肚子！"

"是啊，也没有钱！有肚子的都是有钱人。"

经过近一小时车程，我和 L 终于抵达落雁岛，经过一片废弃建筑工地，我们进入了那处森林秘境，宛如游戏之中的副本场景。我们在密林中穿行，沿途仅有飞鸟走兽，并无人烟。"这里真好，"我感叹道，"没人就是好，不像城市里，到处都是人。"

"但是听说这里常有野人出没，"L 说，"我大四那年，学校封了这片地，说是一对情侣在这里野合时突遇野人袭击，女方还被野人抓走了，大半年后，女孩回来了，大着肚子，人们说那是野人的孩子。"

"无稽之谈，这世上根本不存在什么野人，要我说，那女孩即使大着肚子回来，也是那个男学生的种吧，或者说这件事根本就是以讹传讹。"

我和 L 边走边聊，终于找到了那间荒野小屋。房屋早已废弃落败，但依稀还有当年轮廓，我指着屋顶说："这会漏雨吧。"脚边有一些虫类爬来爬去，我没有落脚地，要么把虫类全部踩死，要么就任由它们在鞋子上穿行。

生活远不如言语中描述的美好，我并不会因为这里人烟稀少而选择在此野居，而窗外，那只小木筏还停在湖上。"这船能坐吗？"我问 L，"会不会划一会儿就沉了。"

一开始，我打算在这里过夜，脑海中尽是露营圣地、萤火虫飞舞的浪漫画面，但现在，蚊虫叮咬、蜘蛛网密布、兽类叫声迭起，似乎将我逼入了亚马孙雨林深处。我扯了扯 L 的胳膊，示意在太阳落山前离开此地，回到学校或市区。他则说，已经回不去了，最后一班离开这里的车已经停驶，若要回去，可能要走五个小时夜路。

夜色像黑墨水一样泼洒下来，我们终于进入了原始人的生活状态。L 从背包里扯出一些安营扎寨的工具，独自干起来，我则在一边抱着双腿瑟瑟发抖。奇怪的是，在城市里看起来一无是处的 L 现在倒像《荒野求生》的主持人贝尔那样强大，似乎可以搞定一切。

夜渐深，湖边聚集了一些萤火虫，我说想出去转转，L 则示意我留在屋子里。透过那扇空窗户，夜里的湖面如一块沉静矿石，宇宙仿佛深陷湖中，湖底有一个黑洞，只要乘船行至湖心，就能闯入另一个世界。

就在我沉醉在美景中时，突然发现树影之中多了一个红毛生物，大概两米左右，直立行走，红棕色毛发。"野人！"L 立刻捂住了我的嘴，那野人和 L 漫画中所绘的一模一样，行走中发出闷哼，毛发火红如烈焰。

野人垂首穿过密林，在湖边待了一会儿，接着扑通一声跃入湖中，朝宇宙深处游去，游至湖心处，渐渐下沉，消失得无影无踪。

"是幻觉吗？"L不答话，关上窗户，催我躲入睡袋。"也不一定是野人，说不定是流浪汉疯子之类。"他假意安慰我，"睡吧，睡一觉起来我们就回城里。"

那天夜里，我做了个梦。梦中，我照旧乘地铁去上班，一路人潮拥挤，就在准备下车时，一只带毛的手抓住了我，那人戴着口罩，穿套头卫衣，整个人掩在衣服里。他将我拉入怀中，我嗅到一股奇怪体味，意欲挣脱，可越是挣扎，那人抱得越紧。

就快要窒息了，我在地铁里拼命挣扎，却无一人来帮我。终于，地铁行至"森林公园"一站，那人下车，将我也拉了出去。"你是谁？"我一路问，那人却不言语，我们穿越成片高耸的住宅，又穿过一片兴建中的工地，巨大的挖土机像怪物一样逼视人间。走了半小时后，我们终于来到森林公园入口。这时怪人脱下衣服，露出一张猿猴面孔，手臂上、脸上，尽是棕黄色毛发，而轮廓却高鼻深目，像石缝中蹦出的孙悟空。

"孙悟空"将我拉至人烟稀少地，从头顶拉下拉链，露出一张人脸，正是L！我大喊一声："你做什么？"他只是说："穿上。"

穿上？我茫然穿上了野人皮囊，不受控制地开始狂奔——我跑出森林公园，在众人的惊惧神色中穿越住宅区，沿途人们狂叫，我跑进地铁，人们吓得瞬间溜走……终于，我一个人穿行在城市里，但仍像在荒野山林中独行，没人愿意牵我的手，没人愿意搭理我。我按照固定运行轨迹回到了家中，而家已经变成了一处山洞，洞口有黑色蝙蝠倒挂，洞穴内滴水，发出丝丝寒意。我走过去，在那张木床上躺下，仿佛根本没有来过这座城市。

醒来时，我不小心触到了 L 的下巴。扎手！那里毛发正旺盛生长着，如果数月不修剪，则会长成一片黑色草原。或许他根本就不属于城市。有了这念头后，我终于下决心和 L 真正分手，正如旁人所言，我们不是一个世界的人，或许连一个物种都不是，只是轮廓相像罢了。

分手后，我开始失眠，只要一闭上眼，那无名野人就从山洞中一跃而出，将我捉入丛林。它带着我沿路嘶啸，就像在异国山顶乘坐滑翔机一般，我们俯瞰整座城市，一切尽收眼底，好不快活——可潜意识却在说，你是一个正常人，你必须回到正常轨道。每到这时，我就睁开眼，看着周围一切——恒温空调、空气净化器、连上 Wi-Fi 的手机、充电宝、扫地机器人……这一切都在告诉我，作为现代人，我回不去了，也没必要回去。

逛街时，无意走入杂货店，商品们穿着花枝招展的包装，在取悦人类眼球。我来到身体护理区，一整个货架的剃毛产品跃入眼帘——大概有十种不同品牌的脱毛膏，另有八种不同品牌的剃毛器，导购员热情地问："需要点什么呢？这款脱毛膏很方便哦，涂上去洗一下，就可以轻松去毛了。"

我脑海中浮现出奶奶给鸡煺毛的画面——她将母鸡单脚倒悬，用刀飞快地在鸡脖子处放血，此时这可怜禽类处于不死不活间，如同承受凌迟极刑的犯人，然后再将鸡放入沸水中，拔掉粗毛，再在鸡身上涂一层料酒，将绒毛去掉。

"您想要哪个牌子的呢？"售货员的脸和奶奶的脸重叠在一起，而我就像立刻要踏入沸水中的走地鸡，一脸茫然。我问道："是不是脱完了一个月又会长出来？"

售货员笑了笑说："这瓶脱毛膏可以用好几次，勤用就是了，这是百年芦荟配方，对人体毫无伤害。"

我将那瓶脱毛膏放进购物车，付款交钱后，带回了家。我想着，只要脱了毛，我便与野人彻底划清了界限。

走到家楼下时，汹涌人潮挡住了去路，红色横幅高悬，上面写着——"二○一七万人脱毛节，盛大开启！"红毯上，八位外国模特一字排开，她们当众褪掉衣裳，身着比基尼躺在沙发上，穿白大褂的"医生"则拨弄着一台巨大的仪器，展示最新的"激光脱毛技术"。

主持人说：春天人类毛发处于旺盛生长期，按体毛二十八天为一个周期的生长速度，如若采用传统剃毛方法，不仅达不到理想效果，还会适得其反，但选用激光脱毛治疗最多六次便可达到永久脱毛效果，一劳永逸。如果早春开始脱毛，夏季来临之前就能完成整个疗程，目前正当时，我们现在还有优惠价，只要二九九，只要二九九，冰点脱毛你值得拥有！

正在踟蹰时，电话响起。是母亲，她突然哽咽："帮我写个离婚协议书吧，你爸爸又出去找那个女人了。"那些字句变成黑色毛发，卷土重来，我知道有些东西，根一旦留在那儿，不完全除干净，总会有一天从斜刺里杀出，给你痛击。

"好，我来。"我挂掉电话，将脱毛膏扔进垃圾桶，然后走到冰点脱毛摊位前，购买了一个脱毛疗程："能快一点吗？我实在受不了了。"穿白大褂的工作人员笑着说："顺利的话，说不定三次就行。"

"这款脱毛仪是美国专利技术，采用真空负压原理，整个脱毛过程无痛无副作用，脱毛效果安全持久，是目前脱毛科技中的权威产品。"那人将仪器摆弄至我身边，我张开手臂，一道光射过来，那光仿佛穿越肋骨，穿越胸腔，直抵心脏，将器官刺了个遍，痛倒是不痛，但毛发却没有掉落。

"你回家休息一下，这些毛发会在数日后自然脱落，下次脱毛在两周后。"

　　我半信半疑理好衣服，挎上包，回到了位于城市北边的小家，因多日没有归家，整间屋子乱得像一个垃圾回收站。我一件一件理好衣服、食品垃圾、地板上的头发、马桶上的阴毛……整间屋子仿佛到处都有原始人行走的痕迹。过去 L 常讲，你怎么老掉头发，我说女人事多，头发长，越掉越多。有一次，他将掉落在地上的头发全部拾起，团成一个毛球，展示在我眼前——"你看，多么恐怖。"

　　"恐怖吗？"我扑过去，挠他胳肢窝，两人笑作一团。

　　再也没有这种画面了，我清理着 L 留下的痕迹——男士剃须刀、沐浴露、男用香水、绿色格纹毛巾、晒在阳台上的内裤、进门处的四十一码拖鞋……

　　将一切收拾完毕后，我打开电脑，点开 word 文档，在一片白茫茫中构思如何起草离婚协议书。从网上找来了模板，我才发现，离婚理由千差万别，但结局却殊途同归——一份协议书，两个人的签名而已。

　　母亲发来消息说，她近日想出去散散心，姐妹们说神农架旅游便宜，只要三百元一人，此时正值酷暑，去那里避暑是再好不过的享受。她问我意见如何，我说可以去，只要不随便买东西就行，母亲笑笑说，那里有什么可买的呀？

那里有什么呢？——大山深处、人迹罕至，除了大把大把负氧离子，什么也没有。不，不对，还有一些东西，还有一种叫作"野人"的生物和"神农架"三个字紧密捆绑在一起。

"要小心，或许有野人。"母亲说怎么会，活了大半辈子，什么没见过，哪有野人，都是报纸上胡说八道。我说："万一遇到野人怎么办？"母亲说："遇到了就遇到了，我倒要看看野人是什么样子。"

夜里，我又在台灯下拟离婚协议书，困意猛然袭来，我迷迷糊糊睡去。梦中，我坐在窗前，母亲躺在床上，一个毛发浓密的野人将她揽入怀中，他们接吻、做爱，融为一体，不久之后，母亲腹部逐渐隆起，而这时，野人关上门，不辞而别。数月后，母亲诞下孩子，那孩子从她下体滚出，一脸毛发，没有人形，一个声音涌上心头——那就是我，我就是他。

母亲给我洗脸，用巨大剃刀清掉我身上多余毛发，我逐渐长成正常人类婴儿的形象，继而长大，融入人群中，开始郁郁寡欢。正当我想向母亲询问身世之谜时，母亲一个巴掌扇过来，梦醒。

也就是说，我根本是一个错误、一个瑕疵。男人与女人不相爱，父亲不爱母亲，他们因错误而结合，生下我，如今又要我亲手结束这个错误。母亲之前多番说到，一定要在协议书中明确财产条款："你要帮我对付你爸爸。"我的手抖来抖去，一句话也没有敲出来。

母亲说，她希望旅游回来就能看到离婚协议书，让我空余时尽快完成。我说："我只是个文案，又不是律师，你不能什么都指望我。"母亲哀叹一声说："我不指望你，还能指望谁呢？"

L曾说，压力大时，就去看看漫画。我说，漫画是小孩子看的。他说，小孩大人都可以看，关键是小时候你相信漫画，长大了就不信了。"是啊，那你现在信什么呢？"

信钱、信命、信很多东西，但就是不再相信书籍与漫画。

我打开漫画App，"南方野人"四个字忽然跳了出来，然而主角并非野人，反倒英俊帅气，西装革履。我点进去，继续翻看漫画内容，发现那故事竟然如同人猿泰山加强版——来自森林的野人如何在都市丛林中披荆斩棘，最终成为职场精英，抱得美人归。

又想起那个夜晚，我枕在L膝盖上，窗外，月如银盘。我问L："你说野人的归宿是什么？"他说："野人的归宿是离开北方，回到南方，在湿漉漉的密林中挥霍短暂一生，原始人寿命普遍比现代人短，且没空思考哲学话题，他们或许会在战斗中被野兽扑咬至死，但死就死了，死在一个很年轻的年纪，未尝不是一件好事。"

"也就是说，我们没有未来是吗？"

"也不是没有未来，只是人衰老后，会越来越丑。我奶奶在六十岁后逐渐变成猿类长相，她常静默待在房中一角，孤独地等着家人投喂，无聊时，不停嗑瓜子或一根接一根吃香蕉。和她同龄的人已死去一大半，剩下来的时光，她生活在小辈中间，或许会遭到嫌弃和遗弃。人这辈子就是这么一回事，年轻时还拥有美好皮囊，老去时则一无所有。"

母亲也说过这样的故事。她说在外婆出生的那个乡村，以前六十岁以上的老人会在某个深夜孤独走入山洞中，不告诉家人去了何方，只是不再进食，默默等死。死去后，家人也不知道老人在哪里，这是一种给家人减负的方式。

"我是你的一个负担吗？"有时候母亲会这样问我，"如果我跟你爸爸离婚了，你会接我过去住吗？"

我无法回答母亲的问题。毕业后，我来到这座巨型都市，白天拼命上班，有时夜里也要加班。辛苦数年，也存不出一套首付的钱，无法在这座城市安家，连一个洞穴也找不到。有时遇到不良房东，甚至不得不连夜搬家，还不如一个随意安营扎寨的野人。我不知道巢穴意味着什么，但人类似乎都是群居动物，群居便意味着融入，而我却将自己隔离开来，想尽一切办法封闭自我，远离人群。

一个礼拜后，我收到了母亲短信，说让我带着拟好的离婚协议书归家，她要和父亲摊牌。我说好，心底却不知该如何面对那个场景。我们曾经是同一幅照片的主角——那一年我两岁，母亲二十八岁，父亲二十九岁，他们一个抱着我，一个扶着我，我们露出一种自信而现代化的笑容。照相机记录了这一切，但无法将时间定格，如今我们必须坐在同一张桌子面前，谋划各自的未来。

最重要的是房子，母亲指出，必须让你爸让一套房子出来，不然你我以后没法活，切记，不能让那女人抢走了房子。我连连点头，然而那房子像巨大山块悬于头顶，好像稍不留神，就要从高山坠落，将我砸得粉身碎骨。

回到家后，母亲并不在家，只有父亲出来迎接我，而平时秩序井然的家现在成了空难现场。烟头挤在茶几中央，脏衣服脏袜子堆在洗衣机上，电视中正在播放抗日战争片，父亲则在喝酒，左手白酒、右手啤酒，沙发上，数百张彩票如冥币般散乱铺开。

"妈还没回来吗？"

"她旅游去了，走了一个多星期了，也没联系我。"

父亲似乎完全不知道母亲意欲离婚之事。自结婚后，他没动手做过一天家务，从未过问我的学业，最夸张一次，走错我的高中学校，让我和母亲在毕业典礼上死等一上午。这种从来不在场的男人要来何用呢？的确他在老家有一套可供结婚的房产，也顺应长辈要求繁衍了后代，可他似乎连一个热衷在野外靠劈砍生存的野人都不如。

我坐在沙发上，随意拨弄遥控器，等母亲回来，而天色渐晚，母亲没有发来任何归家消息。电视转到新闻频道，女主播穿着整齐的职业套装，微笑播报："旅游团在神农架地区失踪，疑似被野人绑架……"

远古时期，神农架地区是一片大海，喜马拉雅造山运动将其抬升为多级陆地，使得此地成为一片原始森林，专家指出——在鄂西北神农架林区和房县一带，确实生存着一种大型的、能直立行走的高等灵长类，它们可能比世界上已知的类人猿更进步。

新闻最后，女主播露出了颇有职业操守的严肃表情："当地有关部门将竭尽全力组织搜救工作。"

"我妈几号去的？不是说五天就回来吗？"

父亲脸色煞白，一句话也没说。匆忙间，那份离婚协议书从我背包中掉落出来，砸在地上，父亲顺手捡了起来，空气在刹那间凝滞。就在我们二人尴尬沉默时，一阵门铃声响起。我说，我去开门。父亲说，好，好。

旋转门栓，打开门，出现在我面前的是一身红衣的母亲，她看起来神采奕奕，完全没有旅行后的疲惫。她望着我，只是笑，一个劲儿地笑，一句话也不说。我将母亲让进来，想着如何收场，是否要立刻展开批斗大会，将离婚条款一一阐明。

　　我们三个人坐在那张存在了近三十年的沙发上，这沙发是父母当年结婚时买的，那时，他们想着在这间屋子里生儿育女，一代一代繁衍，而如今我们坐在这里彼此沉默，电视上的新闻纪录片里流泻出没有感情的语句。我突然觉得腋下一阵生疼，那里的毛发并没有脱落，更严峻的是——我的手臂、小腿、下腹部，所有长毛部位的毛发越来越多……母亲撸起袖子，仿佛要拥抱我，而她手臂上密密麻麻都是红棕色的毛。母亲在笑，哈哈哈，呵呵呵，依旧很开心的样子，我已经很久没有见到她这样放肆地笑，而父亲则像小船一样在沙发上挪动，离我们母女越来越远。

　　纪录频道播音员用磁性嗓音介绍——"野人见人便'嘿嘿嘿'笑个不停，不会说话，偶尔'哦哦哦'叫唤几声……"母亲站起来，掠过我，仿佛掠过一片低矮丛林，然后抱住父亲，一口咬掉了他的脑袋。

恐龙是如何灭绝的

1

立秋后，又收到 K 的来信，他说，郊区枫叶已红，邀请我去做客。一年来，每逢换季，总能收到 K 的信，信里写，他已适应日出而作、日落而息的生活，白天闲暇时就去爬山，从山中捡回树叶做书签，用泉水泡茶，自得其乐。在信的落款处，他写，希望你来。

我和 K 相识于网络。彼时，我热衷写小说，K 则酷爱诗歌；我住在城市最南端，他住在城市最北边。周末时，我们常在一起喝酒，看展览、话剧，或听讲座。我们是对方生活的共谋者，在这个偌大城市里嵌在一起，不分彼此。

一年前，K 突然告诉我，他辞职了，原因并未详说。辞职后不到半个月，他转租了城里的合租房，把窝挪到郊区。我问，城里不是更方便吗？他说，不，他四海为家，哪里都一样。

这几年来，朋友们都已心思异动，出国的出国，回老家的回老家，留下的人个个如怀揣定时炸弹。夏末时，母亲再度来电，命我回去相亲、结婚，我知道，这种持久战已经玩不下去了，回老家是迟早的事，但在此之前，我想借双翅膀，短暂飞翔。

把这个想法告知 K 后，他开心坏了，说隔壁正巧空了一间院子，如果我来，就能组局，玩电子游戏或狼人杀。我说那里不是人烟稀少吗，怎么组局？他开玩笑说，山里有熊，有狼，有蛇，夜里都会化成人形，灯影一照，分不清是人是妖。

K 所在的地方距市中心约三小时路程，通常要坐长途公交再转一趟黑车。这次携带大型行李，我准备坐出租车直接过去。K 听后，笑了笑说，你要留心，以免被打劫，郊区一带乱得很，劫财、杀人、分尸是常事，杀了人后，卷进麻布袋，直接扔到荒郊野岭，谁也找不着你。我说我一穷二白，箱子里全是书，没人会抢我。K 说，那就好，注意安全。

在网上预约了出租车，车准时停在楼下接我，见我大包小包离开，邻居生出欣羡之色。我没有解释，也没有时间解释，把沉重行李搬上车，塞进出租车后备箱后，离开了这个鬼地方。

上车后，司机发挥间谍本色，他的嘴变成一把匕首，试图撬开我的壳，而我窝在后座，把帽檐压低，伪装成蚌，不愿开口。尽管时间尚早，但路上还是堵住了，人、车、车、人，所有的东西堵在一起，城市就像一个病入膏肓的咽喉病病人，我觉得恶心，好像自己变成了一口痰。现在，我要把这口痰发射出去，发射到荒郊野外去。

堵在路上时，司机见我清醒，又试图和我搭话，无非还是那几个问题——你多大了？做什么工作？去郊区干吗？我敷衍了事，随便作答，以为这样就能逃避"追捕"，没想到司机突然一惊一乍说："哟，都三十岁了。"

是，三十岁了。我低着头，像给谁认罪。

"那也该成家立业了吧？"

"还没，连女朋友都没。"

话题到此为止，应该终结，没想到司机话匣就此打开，如泄洪，一发不可收拾。司机讲，他家里有个男孩，上小学一年级，闹腾得很，孩子一闹，妻子也闹，两个人恨不得把家里点燃，烧了。他说，生男孩是建设银行，辛苦，未来还要给孩子准备房子，他这些年跑出租，总是憋尿，肾憋坏了，不知道还能憋几年。

我说，那您不容易啊。司机说，人活着就挺不容易的，都苦，众生皆苦。前面的路好不容易顺畅了一会儿，不久又遇到红灯。我说，红灯怎么这么多啊？司机说，不知道，红灯就是挺多，但你也没办法，只能等，不是吗？

我一贯有晕车的毛病，才走了一小时不到，我已恶心欲呕，不得已，掏出两枚薄荷糖，衔在嘴里，任由薄荷香气在口腔鼻腔里四处闲逛。司机见我不排斥和他聊天，又开始讲故事。真是奇怪，司机们好像口袋里永远装着故事，隔几分钟就掏出一个，隔几分钟又掏出一个，源源不断。

司机问我，你是去奉县吧？我说是。他说奉县这个地方鸟不拉屎，没啥可玩的，唯一能摆得上台面的是孤鸣寺。前几年，他拉过一个客人，是个中年人，四十来岁，西装革履，提公文包，有啤酒肚，肚子被皮带挤压出来，一圈一圈，油腻得很，那人一上车，就低垂脑袋，不说话。司机讲，前几年股灾，跳楼自杀的用簸箕装，他想，坏了，那人不会是要坐车去郊区自杀吧，心下一凛。没想到那个男人下车后，直接朝孤鸣寺而去。

"一个男人，大冷天，下着雪，提着公文包，上寺庙里，你猜干吗去？"

"猜不出来。"

"是出家。"

司机说，那人走时，终于开口，说他解脱了，准备去寺里剃度出家。男人离开后，司机下了车，到荒草处小解，回来后，点燃一支烟，抽了半个钟头。他望着那段路，出神了一会儿，心想如果无路可逃，出家也是个不错的选择。

这时车已驶上高速，远处，田野像一块块抹茶蛋糕，整齐码放。听完司机说的故事，我试图用眼做刀，将抹茶蛋糕劈开，寻条路，看看那个男人到底走到了哪里，但一无所获。车又走了半个钟头，我对眼前景色感到厌倦，分不清来处和去处有何区别。高速上，每隔几百米，就会树起一块广告牌，卖房子的、卖车子的、卖油漆的、卖珠宝的……应有尽有。K叮嘱我，如果看到广告牌上写有"瓦尔登湖"四个大字，就立刻命司机朝岔路口另一个方向开过去，千万别弄错了。因为他的话，我变得格外警惕，生怕迷路。

不久后，我果然看到了那块巨幅广告牌，牌子上，一片绿湖占据半壁江山，另一半则献给了一处碉堡似的小楼，下面写着一行字——"来瓦尔登湖，感受心灵原乡"。

司机问我，瓦尔登湖是什么地方。

我解释道，《瓦尔登湖》是一本书，由梭罗创作，讲的是他远离尘世，在湖畔的隐居生活。这本书流传极广，被翻译成多国文字，几乎是隐居的代名词。司机听我这么讲，笑了笑说，明白了明白了，就是陶渊明的意思，那两句诗我一直都记得——"采菊东篱下，悠然见南山"。

我命司机朝瓦尔登湖别墅反方向开去，这时K又发来消息，问我到哪儿了。我说刚过瓦尔登湖。他又说，没走错吧，千万不要去那边，开发商是骗子，梭罗也是大骗子。

梭罗是骗子？此话怎讲？

K告诉我，梭罗在瓦尔登湖的生活纯属虚构，在康科德一带，广泛流传着一则笑话——爱默生先生摇响了晚餐铃，梭罗从林中猛冲出来，手里拿着餐盘排在队伍最前面。也就是说，梭罗隐居之处离市区并不远，他并没有过一种远离世俗和人烟的生活，相反，他时常聚众狂欢，到朋友家蹭饭，书里有一大半情节是他臆想出来的。

我和K说，那梭罗挺厉害，仅凭臆想，就能欺骗世人这么多年。K说，别讲废话了，有什么见面再讨论，他已经开车在奉县入口等我，等出租车到了，就会接我到住处，从奉县到住的地方还有约半个多小时车程。

车到奉县入口后，我和健谈的司机作别。他关门，下车，点燃一支烟，说想透口气。这时忽然刮来一阵妖风，掀开他的油腻假发，我突然看见几个猩红色圆点若隐若现。司机见我神色有异，立刻解释道："假发？不稀奇，人总会秃的，迟早的事儿。"

告别司机不久后，我终于在路口与K会合，多日不见，他瘦成一柄刀，眼神锋利。我开玩笑说你莫不是吸了山中精气，要成妖了，他接过我的行李甩上车说："错了，是成仙。"

K开了一辆土黄色皮卡车，车上不仅有我，还有一些扳手工具及恐龙玩偶。我说你小子混得不错，都开上车了。他说，哪里哪里，车是借来的。一路上，K绝口不提车主名字，我也累了，一个人靠在副驾驶座上，陷入睡眠。梦中，我跪在蒲团上，眼前是一尊菩萨像，有老僧手持剃刀为我削发，青丝落在地上，像稀释掉的影子。我想开口，但找不到自己的嘴唇，我想站起来，但小腿竟被人卸去，正在我以为自己要孤老禅寺时，突然听到K大声唤我："醒醒，醒醒。"

突然睁眼，眼前景色似被滤过，覆上一层蓝色的膜，远处，一个障碍物堵在路口，看不清是什么。

"下来！"K急刹车，停在那障碍物前。我以为他要去小解，没想到他绕过来，打开我这侧的车门，对着我喊："坐着干吗，还不快点下来，帮我把恐龙移开。"

恐龙？

对，你没听错，是恐龙。

我揉揉双眼，走到那个两米多高的障碍物前，发现那果然是一只恐龙，一只霸王龙，眼如巨蛋，爪牙锋利，张着大嘴，正对我咆哮。

2

决定来郊区之前，我正在看一个年轻小说家的短篇集，里面有一个故事，讲花莲市动物园里有一头大象，总是坐着，无论别人拿叉子戳它，还是拼命围观，那大象都不动如山，一直坐着。后来有人翻入大象领地，终于发现大象坐着是因为它瘸了一条腿，在他发现这个秘密时，大象一脚踹在了他的胸口上。

这庞然大物不是大象，但也差不多。这只恐龙实际上是一座空心雕塑，就是各种衰败游乐场中常有的猎奇玩偶，不重，但难以搬动，我几乎怀疑它的底部和大地紧密连成一体。K说，你再努努力，两个大男人不可能搬不动一个玩偶。我说，这并非玩偶，而是一只恐龙，你试试，试试把一只恐龙移开？

唇枪舌战一阵后，我们终于把那恐龙稍稍朝路边移了一点儿。我和K累得气喘吁吁，他指着皮卡车说，车体积过大，如果不能把恐龙移开，我们就过不去。我说歇会儿，歇歇。我和K走到一棵粗壮大树下，席地而坐。K指着那大树说，你猜这树多大年纪？我说不知道。他竖起三个指头说，三百岁，你信不信，这棵树三百岁了，我们两个人加起来都活不过它。

人生苦短，我苦笑说，所以我想偷点时间给自己，于是就来找你了。

K说，是啊，人得偷点时间给自己，不然没法活，多少人是为了别人活着？

在树下擦干汗，喝了大半瓶矿泉水后，我和K终于鼓足勇气，打算继续搬那只恐龙。这次K有备而来，他从车上拿出一块大木板，打算利用杠杆原理先将这个庞然大物撬倒，然后用皮卡车将这只恐龙撞开，撞进树丛里。

"真是搞不懂，这里怎么会有一只恐龙呢？"K骂骂咧咧启动了皮卡车，吩咐我赶紧上来，坐稳，他喊，"一、二、三。"车再度启动，朝那只卧倒的恐龙驶去。经过三次努力后，那只恐龙终于被我们弄到草堆里去了。从我这个角度望去，仅能看到霸王龙的尾巴从树丛里刺出来。

K没有告诉我这里为何会有恐龙，我只能凭经验想象这里曾有一座荒废的游乐场，如今外墙拆除，人们破门而入，随意搭起房屋。那些摩天轮、旋转木马、过山车过去曾称霸此地，但现在早已被拆毁或挪走，剩下几只闲散恐龙以唬人为乐。

又开了半个多钟头后，终于抵达目的地。K推开门，一个形似四合院结构的院落出现在我眼前，他指着左边那间屋子说："你住这里，我住你对面，以后可能还有别的朋友会来，咱们就能多几个伴。"

院子空地上，几只黄鸡正在啄米，葡萄架上攀爬着一些我叫不出名的植物，几只灰鸟停歇在屋檐上，一切都和想象中的乡村图景一样。只是推开房门时，还是骇了我一跳。房间内，蛛网密布，家具简陋，墙体脱皮……我意识到，要把这间屋子收拾一新，需要时间和勇气。

K在门口亮了亮车钥匙，告诉我他还车去，让我慢慢收拾。我应了一声好，忽有闯进贼窝的错觉。毕竟，之前我看到的是K乡村生活中光鲜的一面，如今真刀真枪面对这种生活，有些手足无措。卸下来的三件大包裹像嗷嗷待哺的小兽，将我围成一圈，我不知道从何下手，打算去K的屋子看看。他房间门虚掩着，轻轻一推就开了，屋内，可以用家徒四壁来形容，除了一张床、一个大书柜、一部电视机，再无多余器具，忽然想起他在信中写的话，比起普通的粮食，他更需要精神食粮，房子越空旷，他的心就越满。

在K的房间兜了两圈，一无所获，我又返回自己那件破屋，着手进行改造工作，无论如何，必须先把床清理出来，其余的事，都好说。这里的种种情状，让我想起七八岁时随父母下农村的情景，也是相似砖石，相似风景，我每天都吵着要喝娃哈哈，每天都牵挂着城里的麦当劳和肯德基。

清了约莫一刻钟后，K轻轻敲响房门，闯了进来，手里还提着一袋饺子。我问他饺子哪儿来的，他说买酒送的。他摇摇手中酒瓶说，今晚我们不醉不归。我说好，喝就喝，反正明天不用上班。我突然发现，对我来说，郊区生活最大的诱惑就是——不用上班。不用上班，意味着不用看闹钟脸色做人，不用把自己变成一张薄纸塞入密不透风的地铁，不用想着提防这个小人讨好那个客户……这里的一切都是自由的，自由睡去，自由醒来。

夜里，我终于清好床铺，和K来到小院里，支了张桌子，就着饺子和花生米开始聊天。K说你还记得北岛的《波兰来客》吗？我说当然记得——"那时我们有梦，关于文学，关于爱情，关于穿越世界的旅行。如今我们深夜饮酒，杯子碰到一起，都是梦破碎的声音。"过去我经常在不同场合暗中吟诵这首诗，有时是疲惫工作后的无人深夜，有时是在客户写字楼的走廊抽烟时，我用垃圾桶掩埋梦，也用烟焚烧理想。K见我神色低落，笑笑说，杯子碎了，可以再买，梦碎了，可以重新捏在一起，只要你敢。

我抬起头，发现自己已经许久没有仔细端详过月亮了。过去我住在钢筋混凝土修建的大楼里，空调调成恒温，把我养在里头，玻璃幕墙将我和外界隔开，我们像培养皿中的器官，处于一种近乎无菌的状态，面前有的只是电脑和打印机，还有没完没了的邮件与讯息，关于大自然的一切近乎消失。

K把杯中啤酒一饮而尽，他摇晃着空杯说："你看这像不像地球上最后的夜晚？我和你坐在一个院子里，吃一顿诀别餐，我即将去火星探险，而你选择去月球旅行，我们终将成为地球上的过客。"每天浸没在琐碎的工作与生活中，我已经很久没有听过这种混乱迷醉的语言，这显然是 K 即兴而为。过去，他常在朗读会上随兴作诗，不用打腹稿，也不用写下来，张嘴即来，我和朋友戏谑地称其为看起来像相声演员的诗人。

酒精一点点打开我们紧闭的心门，K 突然指着围墙说："你知道隔壁住的是谁吗？"我摇摇头，他继续道，"我们隔壁住的是一个科学艺术家，你没听过这个职业吧，到底是科学家还是艺术家。"一开始，我也有点恍神，后来才知道，只要后缀是"艺术家"，多半指的是此人的爱好无法养活自己。当然，大艺术家也可以赚得盆钵满金，但说到底，这世界上也没几个大艺术家。

啤酒很快被我们饮光，K 告诉我，这里的小卖部夜里九点就会关门，现在我们已经弹尽粮绝，喝完这杯就要睡觉。夜凉如水，小院内一派清明，我不知道人生里能有几个夜晚可以和友人对坐饮酒。K 说，在这里，一切都有机会，我们的进度条已经无限延长了。

喝完酒，吃光菜，我和 K 收拾收拾就各自回屋。K 说，明早还要早起，他要带我去山上看红色枫叶。

3

翌日醒来，K已经消失，床头放着一本波拉尼奥的《地球上最后的夜晚》，红色树叶像路标，指着第二百五十八页，上面有一句话由猩红签字笔勾出——"你知道什么时候我们真的感觉孤单吗？我说：是在人群里。"

K不知所终，大门紧闭，但其余一切如常，鸡依旧在散步，鸟依旧在吟唱，天依旧那么蓝，只是K消失了，我猜想他是去山上搜集树叶及泉水，但不知为何，他将大门紧锁，不知道是不是怕外人侵入，或怕我不告而别。一个人，生活在深山老林，说不寂寞不可能，昨晚，K说，有我前来，他好像有了狱友也有了私奔的同谋，从此不再孤独。但我没有告诉他，我并不打算长住，最多半年，我就要离开这里，再度回到城市中，回到既定的生活轨道中去。

手机信号时好时坏，不是我收不到别人信息，就是别人收不到我的。我把手机塞进抽屉，它现在同一块板砖无异。洗漱完毕，我把《地球上最后的夜晚》带到院子里，优哉游哉看起来。但看了十分钟后，我的注意力便一败涂地，我在院子里踱来踱去，焦虑不安。集中精神看书对现代人来说形同坐牢。K在郊区的生活等于要把牢底坐穿。

就在我焦虑不安时，隔壁忽然响起野兽的咆哮声，一阵一阵，但显然由声控玩具发出。尽管所有的科技都在模糊现实与虚拟的界限，但我还是听得出，那是声控玩具，这让我浮想联翩，难不成隔壁住了一个怪老头？我曾在报纸新闻上无数次听到一些农民科学家的故事，他们利用废铜烂铁及电线组装出飞行器或奇异发明，然后以身试险。有的成功了，沾沾自喜，去电视台演讲自己的丰功伟绩，但电视机前的观众却笑作一团，人们笑什么？人们笑农民怎么能玩高科技呢？这不合理。

　　院墙并不高，只要有梯子或板凳，悄悄爬过去并非难事。小时候，我常从学校翻出去，逃课，去漫画书店看书，或漫无目的地闲逛，翻墙对我来说太容易了。我站在围墙下，跃跃欲试，但心里有根绳索拴着我，套着我。成年人的理智告诉我，不打扰他人生活是一种礼貌，不是所有邻居都要成为朋友。

　　我决定视 K 回来的时间再做决定，如果一个小时后，他还不回来，那么我就翻过去，悄悄看下隔壁到底在做什么。K 啊，我暗中祈祷他快点回来，不然孤独总会把一个人折磨疯，动物们翻山越岭寻找同类，人也始终是一种群居动物（尽管现代人不一定是）。

　　一小时后，K 并未归家，我从角落翻出几块闲砖，垒成梯台阶。一开始，我还不敢完全探过身去，只是悄悄躲在墙头，探身张望，但隔壁的屋主像是猜透了我的心思，将一切隐在巨大雨棚内，我藏在墙下，只能看见屋顶和棚顶，其余一概不得而知。

我决定翻过去，像探险一样。我已经好久没有探险过了，城市里布满千篇一律的房屋、便利店、地铁，没有一个地方值得探险。人陷在琐碎里，像粥内食料，只会被吞食，逃不出来。

我从墙上一跃而下，脚步轻盈，如同花猫。进了院子后，油漆味扑鼻而来，我掀开雨棚旁的塑料布，撞进陌生空间。眼前的一切像场地震，震碎了我所有认知——那是数百只大大小小的恐龙，以不同姿态匍匐在大地上。

上一次看见这么多远古兽类还是在电影《侏罗纪公园》里。我忽然想到几年前去西安旅游时看到的兵马俑，在始皇葬坑内，成千上万的兵马俑站在那儿，不言不语。几个古迹复原员正在埋头修复兵马俑，他们和那些千年前的物体坐在一起，不分彼此。

恐龙数目庞大，但并未遮蔽视线。远处，一束灯光下，一个女人正手持小刀雕镂一只恐龙。她黑色秀发散在肩膀上，眼睛里有一种拜佛般的虔诚。我站在那儿静静看了一会儿，几乎忘记自己"闯入者"的身份。女人忽然抬头，与我四目相对，她的目光里没有惊恐，没有胆怯，完全是平静，好像我不是一个人，而是一片空气。她看了我一会儿，又埋头雕镂恐龙，静默十分钟后，才再度抬起头问："你是？"

"哦，我，我是新搬来的。"

女人蹙眉，又问："你是小 K 的朋友？"

我点点头。

我对眼前的女人一无所知，不知道她是否就是那个"科学艺术家"。恐龙将我和她环绕在一起，我们仿佛在原始森林中失散又重逢的队友，彼此心中都有种劫后余生的喜悦。女人俯身，清空一个板凳，指了指说："坐吧。"我刚坐下，女人又说："对不起，我有点忙，等下忙完了，再和你说。"没几分钟，她又独自返回那片原始森林，而我，则像公园里的游客，站在玻璃幕墙内，观察野兽的生活，我不敢踏出一步，生怕被恐龙咬断了脖子。

这里与其叫家，不如说是恐龙乐园。目之所及，所有的空间都让给了恐龙，几万年前从地球上消失的霸主突然充斥在这郊区小院内各个角落。在我面前，一张近三米宽三米长的桌上，形态各异的恐龙一字排开，连成密林。记得十岁时，我常感冒，去儿童医院挂水，那时每天都要被针扎，手上永远青紫。为了哄我开心，母亲总会买一些便宜玩具给我，我拿到最多的便是各种各样的恐龙。当时奥特曼的动画炙手可热，哥斯拉长得像恐龙近亲，小孩子们之间拿恐龙打架，大家最喜欢用的就是霸王龙，因其牙尖腿壮，俨然战士。

我随手拿起一只恐龙，左右端详，看不出门道，也叫不出它的名字。在手中把玩了一会儿，女人突然开口说："这是禽龙。"

　　"禽龙？"

　　"对，禽龙据说是最早被发现的恐龙，这种恐龙生活在侏罗纪和白垩纪时期，身长九到十米，高四到五米，食素，尾巴重，舌头长。你注意看，它前手拇指处有一个尖爪，据说用来抵抗掠食者。"

　　女人说起恐龙话题，眉飞色舞，宛如化石复活。她滔滔不绝讲了一会儿，我什么也没听进去，我记不清恐龙身长几尺，也不想了解它们长了几个脚趾头。客观说，我的好奇心死了，死在地铁门缝里，死在办公室电脑上，死在每一条通往成人世界的阴沟中。

　　"你不觉得很有意思吗？"

　　我被女人的话问得哑口无言，不知如何回答。她对恐龙如数家珍，却绝口不提自己姓甚名谁。又坐了一会儿，日影西斜，我意识到必须尽快回到自己的屋子里了，如果K看见我不在家里，一定会急成疯子。我起身，从恐龙森林中拔出腿，与女人作别。她伸出手，拦住我说："你要回去了吗？带点饺子回去吧。"

　　"饺子？"

　　"对，我喜欢吃饺子，天天吃饺子就够了，节约时间，剩下的工夫都能拿来做恐龙。"

女人匿入屋内，拎着一袋饺子出来，饺子挤在透明塑料袋里，沾满冰霜。我犹豫着接过来，她又紧跟着补充道："不知道你爱吃什么口味，我这里只有荠菜猪肉的，小 K 爱吃这种。"女人把饺子交到我手中后，又返回了工作台，拿起小刀，如同时刻准备行动的杀手。她看了看我，笑了，唇边漾出涟漪说："叫我冷姐吧。"

4

原路返回时，砖梯消失了，我不得不跳下去，皮鞋砸在地上，发出一声闷响。还未站定，就听见 K 在唤我，他站在一口巨大铁锅前，在熬煮什么。

"终于舍得回来了？" K 一边拿大勺搅动锅物一边说，"我还以为你跟那只猫一样，都不要我了。"

猫？我突然忆起几个月前，K 来信曾提及过那只猫，是母猫，黑色，异瞳。猫来时，是春末的一个早晨，那时 K 还在酣眠，它从未关的门里溜进去，一跃而上，开始舔舐 K 的脸，他醒来后，发现了这只野猫，遂将其收养，就这样，一人一猫，相伴为生。

不幸的是，三个月后，黑猫失踪，遍寻不见。又过半月，一天傍晚，K从山上下来，突然发现草丛中藏着一只猫，走近一看，正是他养的那只，但猫已经死了，腹部血迹斑斑。K顺手把猫埋在了一棵树下。

"猫是撞死的，被一辆皮卡车撞死的。"K闷了一口酒，邀我坐下。他盯着我的裤脚注视了一会儿说，"见到冷姐了？"我点点头。他继续说，"冷姐这个人，有些怪。"

哪里怪？说话间隙我顺手把饺子递给K，他笑了笑说："冷姐给的吧？"我点点头。K又说，冷姐这个人，一个人住这么大院子，院子里只有两种东西，一种是恐龙，一种是饺子。饺子喂饱身体，恐龙喂饱精神。她每天就靠这两样东西度日，特别简单。

天色渐暗，K起身，将院内灯打开，我抬头，瞥见彩色小灯泡串起东西南北，如同灯做的帐篷，将我们包围其中。我知道这是K的杰作，他擅长手工，大学时就开始学各种木工活，没有拜师，仅凭一本外文书撬开木工大门。他的学校建在一座岛上，岛中荒芜，颇多毫无人烟的野地，他总是逃课去那些荒无人烟处，自己做些东西玩。至毕业时，他已凭废木与双手搭建了一个荒野小屋。但是后来呢？后来不到三个月，那房子作为违规建筑被拆除。K曾翻出一些宝丽来照片给我看："你看，当时还挺多情侣来这儿拍照，后来没了，又过几年，整岛返修，人们把那个地方改建成了一个公园，修满那种没有个性的伪欧式建筑。"

锅内，水已沸腾，K将那些冷冻过的丸子肉类一一扔入其中，过了一会儿，他举着筷子，对着虚空指指点点说："你知道吗？其实我很佩服冷姐，我们是被动来到此地，而她是主动选择的，她跟我们不一样。"

K告诉我，冷姐三岁时在祖父卧室发现一本恐龙图册，从此开始沉迷于绘制恐龙。她非科班出身，家里人阻止她学画，她就趁出去补课时，抽空去图书馆借书。从九岁到十九岁，十年之间，她翻遍有关恐龙的书籍，自学成才。二十岁时，她绘制了一幅《远古生物复原图》，此图被一本北欧杂志看中，选为某期封面。大学时，冷姐主修设计，业余修过物理学、心理学、进化学、高等数学等。为了画一只恐龙，她浏览专业机构网站，甚至自学拉丁语。她每画一张，就贴在墙上，到毕业时，整间宿舍被她的素描与手绘填满，近百幅。

K说到这儿，顿了顿，从锅里捞出一块豆腐继续说："当然，最厉害的还不是这个。毕业后，她和校友结婚，丈夫经商，在城里有三套房子，一套两百平，另两套各一百平。她完全可以辞掉工作，在家里休息，请家政工做事，像城里那些阔太一样，过上十指不沾阳春水的生活。但她说，她骨子里就叛逆，过不

了那种日子，所以前年独自一个人搬来郊区，凭一己之力弄了
个恐龙工作室。"

"赚钱吗？"我盯着 K 问，"这么冷僻的行业，赚钱吗？"

赚，当然也赚。K 笑了笑说，但赚得苦，冷姐每天都要工
作近十五个小时，也就是说，除吃饭、睡觉外，她一直都在工
作。所以平日里，她并不梳妆打扮，永远乱发披肩，和人说话时，
眼神涣散。这没办法，让一个大活人一直工作，总有被掏干的
一天。不制作恐龙时，冷姐还要飞到各地去搞讲座，就是那种
纯公益性质的讲座，薄利。

边吃火锅边聊，我从 K 口中听到许多关于冷姐的事，当然
也包括他们的第一次见面。K 说，那是一个清晨，天蒙蒙亮，他
背着帆布包，准备去山里转转。刚出门时，就见一个女人正在
搬一块巨石，那石头遮住了她半边身子。K 不忍，于是上前帮忙，
这才发现那并非巨石，而是一块恐龙头骨。

"你好。"

"你好。"

他们彼此客气热络地聊了一会儿，终于明白这就是朝夕共
处却从未谋面的邻居。那之后，有半个月，K 闭门不出，专心撰
写一本打算自费印刷的诗集，但就在诗集准备付梓时，黑猫走
丢了，他终于又变成孤家寡人。他开始频繁滋扰冷姐，不为别的，

只为找个人聊聊天。在这期间，K知道自己的诗集因种种原因无法出版，情绪陷入低落。就在我们共同步入某种难以言喻的悲怆情绪时，头顶闪烁的彩色灯泡砰砰炸了两个，像星星消失在宇宙，我和K愣了愣，面颊绯红，他很快镇定下来，告诉我，别担心，这里昼夜温差大，灯泡坏是常事，不用紧张。

　　各自咽下一些菜饭后，K问我感觉如何，过得是否习惯。我说，时间尚短，感觉不出。K说，如果不介意的话，可以和他一起去冷姐那儿学做恐龙模型，每周一、三，当休闲也好，当社交也好，总之，有点事做。我点了点头，答应了他的邀请。这时灯泡不知为何又炸了一个，火锅里也再捞不出什么花头，一切都消失了。我突然不知道自己为什么来这里。过去，工作和生活如同两柄利剑，穿透琵琶骨，将我悬起来。浸泡在都市的福尔马林中，我像腐尸一样，维持着肉体形状，精神溃散。而现在，我终于自主选择了逃离都市，来到郊区，却又有点不知所措。我没有克服晚睡，也没有早起，更没有阅读，大部分时间都献给了闲聊和发呆。这意味着，逃离城市，来到郊区，并不能洗去惰气，我还是我。

　　和K约好后，一周内总有了些期待，日子和日子长得一模一样，唯有这一天，奇峰突起，显得格外不同。我早晨九点就起床，洗漱完毕，喝了一些紫米粥，等着和K一起出发去冷姐家。我问K，需要带什么工具吗？他说，你有一双手就够了。

　　这一次从大门进入冷姐家，感觉有些不同。入口处，停放着一辆黄色皮卡车，由黑布罩着。趁 K 去按门铃时，我退到皮卡车处，闲眼张望，忽然发现后轮胎及车屁股上有一些褐色痕迹。正想问 K 是什么时，大门洞开，冷姐出来迎接我们，她今天戴了一对耳环，显得神采奕奕。

　　冷姐领我们到里屋，泡了两杯乌龙茶，这时窗外开始下起淅淅沥沥的小雨，雨落在树叶上，发出清脆响声，是大自然的噪音。过去我常失眠，用过许多办法均不奏效，后来朋友推荐我听雨声白噪声，自那以后，睡眠好了许多，忽然想起梭罗的话——"这个世界的启示在荒野"。K 也讲过，水声、风声、树声、蝉鸣、蛙鸣、鸟鸣，这些声音都有治愈作用。

　　喝了半杯茶后，冷姐带我们到了工作间，那里如原始人洞穴，布满野兽皮、动物骨骼、恐龙头颅。K 打趣说："怕什么，都是假的。"我摇摇头："现在你能分辨什么是真的，什么是假的吗？"

　　冷姐没有为难我这个门外汉，她把一块泥巴放到我手心说："随便捏，照着你喜欢的恐龙捏，捏成啥样是啥样。"我接过那团泥巴，照着一只霸王龙捏了起来。我毫无美术功底，只能凭感觉去揉捏那团物体。K 已经上过几节课，技法稍胜一筹，他已经开始制作四肢和尾巴。捏了一会儿，我觉得无趣，问 K："知道不知道恐龙怎么灭绝的？"他笑了笑，把一个捏废的尾巴扔到垃圾桶里说："我不关心恐龙怎么灭绝的，我只关心人类是怎么灭绝的。"

冷姐听到我们的对话，也凑过来，说她曾看书里写过，说是六千五百万年前，天降巨石，巨石成群结队撞进大海，在海底撞出一个巨坑，海水瞬间汽化，蒸汽喷涌，掀起海啸，迅速横扫陆地。接着引发了一系列蝴蝶效应——极地雪融、植物毁灭、大雨滂沱、山洪暴发，整个世界瞬间消亡，恐龙也随之消失……

忽然想起小时候寒假时整夜不寐热情翻阅过的百科全书，那时我对世界存有一万分好奇。现在呢？现在我既不关心恐龙如何灭绝，也懒得担心人类何时灭绝，现实横亘面前，如一面厚墙，我每天都要想着如何击穿它，即使手骨上血痕累累，还要一战再战。捏了一会儿，捏出个四不像脑袋给冷姐看，冷姐笑笑，接过去说，捏出什么就是什么，这就是你的恐龙。我笑了笑，有些敝帚自珍的意味，尽管丑，也是自己的作品。

就在我们三人笑闹之际，紧闭的门忽然开了一条缝，那条缝逐渐变大，如同野兽睁眼，眼睛完全张开时，闪进来一个人，是个清瘦的中年男人，戴眼睛，像文弱书生，但左脸上有道明显疤痕。冷姐见那人进来，神色大变，大声解释道："这是我老公。"

我和 K 低头，继续与手中的半成品恐龙周旋，像做错事被罚抄写课本的学生，做着机械的动作。余光瞥到男人身上时，忽然发现他手中拎着好几袋饺子。冷姐接过饺子，放在桌上，又向男人介绍我们，说是她邻居。

"留下来吃饭吧。"男人的话堵住了我们退路。冷姐也跟着附和道："对，留下来吃饭吧。"

男人说完就关上门，退出屋子，屋内气氛瞬间变色，接下来那一个小时不知是如何耗过去的，只记得隔壁厨房响起噼里啪啦的响声。冷姐不擅家务、不爱做饭，厨房平时没人看顾，备受冷落，这下突然枯木逢春，动静格外巨大。

一小时后，男人就做好了一桌子菜，我们也从冷姐口中得知他姓陆。陆哥做菜时，我们则跟着冷姐张罗桌椅板凳，平时这里冷清寂寥，现在一下多出人来，什么东西都找不到。凳子闲散落在恐龙脚下，桌子塞在一个暗不见天日的角落，等全部张罗妥当时，夜已黑，风停雨收，我们坐在湿漉漉的院子里，开始吃晚餐。

难免要相互介绍，我和K都是无业青年，身份尴尬，不知如何解释，只好说是身体抱恙，来这里休养生息。像所有人一样，陆哥也问起我们的年纪，我说自己已经过了三十岁，K则说，快了，还有四个月就到三十。陆哥给每个人杯子里都斟满啤酒说："年轻，真年轻。"在我和K看来，我们已经一点儿不年轻了。陆哥继续说，这个年纪，正是做事的时候，问我们对将来有何打算。K看看我，我又看看他，都不知道怎么继续说下去。陆哥见我们低头吃菜不说话，又说道："你们现在年轻人呢，就是怕吃苦，喜欢逃避……"

陆哥的一言一行让我联想到公司领导，在觥筹交错的场合，领导们总是打着鼓励年轻人的幌子宣扬自己当年的丰功伟绩。尽管一桌菜饭，味道鲜美，但我和K已经食不下咽，我只想赶紧回去，抱着我们那个灯泡碎了一地的冷清院子，再看一遍波拉尼奥。

陆哥忽然顿了顿，抬眼望向我们说："听小冷说，你们也写小说和诗。"K尴尬一笑，说："雕虫小技。"陆哥意味深长地看了我们一眼说："我年轻时也写过，后来不写了，年轻时很穷，不写之后，就发了一笔财。"我低垂头颅，发现脚下水泥地开裂，裂出一条黑色细缝，我想把那缝扒开，钻进去，盖上盖，躲起来。但陆哥不罢休，仍咄咄逼人，将我们逼回餐桌上："吃，吃，这是鲍鱼，朋友给我的。"

陆哥每周来郊区两次，时间不定，有时是万籁俱寂的深夜，有时是泛着朝露的清晨。在此之前，K从未见过陆哥，只依稀从冷姐口中得知他是商人，事务繁忙，工作重心都在城里。

我和K吃了一会儿，都觉得芒刺在背，格外难受，这房间内灯光也特别刺眼，让人联想到手术室里的照明灯，把器官扒开，看见其中血肉模糊的一片。片刻后，我和 K 作势与冷姐告辞，她嘱咐我们，夜里冷，回去早点歇息，陆哥也跟着附和说早点歇息，末了，突然加了一句——"不骗你们，我真的写过诗，笔名是旅客。"

5

那座破败院落像是为我和 K 所建造的防空洞，我们躲在里头，假装听不到外界飞机呼啸、子弹咆哮，在这里避世，时间姑息了我们。

冷夜如斧，当头劈开，我和 K 一路无言。回到房间后，我接到一个电话，是朋友打来的，问我去了哪里，为什么闹失踪，又问我要不要出来吃干锅牛蛙。我说身体不好，懒得出门，在家看书。朋友又问，看了什么。我随口说，在看一本年轻作家的书，挺好看。

电话那头突然顿了顿，我不知道是此地信号不佳，还是那头真的没有说话。几秒过后，朋友说，那个年轻作家自缢了，就在前天晚上，你不知道吗？我惊诧得说不出话，好像深夜里有浪拍过，将我按死在海滩上。朋友见我情绪不稳，安慰两句后就挂断了电话，我一时无法忍受，冲进 K 的房间说："他自杀了。"

"哪个他？" K 皱眉。

"就是我跟你说过，写一个大象坐在地上的那个作家，和我们差不多同龄，刚过二十九岁。"有那么一分钟，我觉得我也死了，和那个年轻作家一样，去了另一个时空。他曾替我说出我想说的话，如今又替我死去。

"自杀的人真多。"他说，不用等到陨石或外星人，只要继续下去，人类很快会灭绝。我忽然想起 K 曾写过的一句诗——"我们并未经历战争，但早已战死"。凉薄月色翻窗而入，跪在地上，K 顺手倒了一杯可乐给我说："压压惊，我刚才还知道一件更可怕的事。"

"哦？"

K 说，刚才回房间时，他特意查了"旅客"这个名字，原来确有其人。此人在九十年代崭露头角，写了几首颇前卫的诗，但旋即销声匿迹。后来又过了十年，这个名字不知为何又活跃起来，屡屡登上杂志，还获得一些奖项，诗人名字下还缀上了一些作协名头。

"写得好吗？"

K 笑了笑说，九十年代的那几首很好，后来的就见仁见智了。当然，这并非重点，更有趣的是，据说这个"旅客"曾经搞过一个郊区诗社，也就是聚集一些文艺青年，到远离城市的地方闭门写作。但后来这个组织不欢而散，"旅客"作为首脑，遭到言论炮击。此事过后，"旅客"消沉了一阵，再次回来时居然成了某房地产商的幕僚。那房地产商在京沪两地拿了一些地，这几年来，房价飞涨，"旅客"也趁机大赚一笔。

"还是搞房地产有用，多买几套房子，比什么都强。"我注视着蜘蛛在一处结网，但没结牢，它滑下去，不得不开始重新结网，太滑稽了。

K 把杯中可乐一饮而尽，笑着说："所以我们的问题还是没钱，没房子？"我笑笑说："那不然呢？"K 又说，过去他奶奶在棉布厂做纺织女工，每天重复劳动，没有休止，他当时觉得太惨了，人怎么能过这种日子？后来长大了，到写字楼里做文案，每天没日没夜地替开发商写稿子，写什么"独此一墅，上流生活，圈层文化"，一次不过，再写一次，总是写到三更半夜，感觉还不如他奶奶。每个月拿到工资后，一部分因为心里难受，拿去挥霍，一部分存下来，准备买房子，但等到能付首付时，房价又涨了一轮。

我和 K 心知肚明，这里只是暂时的防空洞，时间一长，我们就如蒸笼里的小笼包，总会被人拿出来，蚕食一空，这才是最可怕的，永无解脱。这些年，有一些朋友去了国外，但并未展开新生活，他们到了新的地方，又产生了新的烦恼。也有如K一样到郊区生活的人，但能坚持下来的极少，最后还是回流城市，直面人生，结婚、生孩子、还房贷，陷入一个无法解决的死循环之中。

我说不上来那位青年作家死亡的原因，只是冥冥之中觉得，和"旅客"这类人有着微妙的关系。十二点了，K说，回房间休息吧。我和K道了晚安，独自走进院子里，灯光闪烁，那几个坏了的灯泡已经被替换，现在，所有灯都亮起来，像一件彩色绒衣，温暖美丽。

那日过后，我不敢再去冷姐家里做客，我和K继续着我们的郊区生活。他照例早起，爬山、采摘树叶，下午则打盹、看书、做饭；而我也尝试着写点东西，赚取稿费糊口。但我们彼此都心知肚明，这样下去不是办法，生活总有一天会山洪暴发。

就在我以为生活要无限迷茫下去时，事情发生了不可预料的转折。一天下午，K风尘仆仆回来，手里拎着一大袋进口零食，他说："现在有一个好消息、一个坏消息，你想听哪个？"

"先说坏消息吧。"我接过那一大袋东西，听K说起来。他说有个人雇我们去完成一个不可能完成的任务。我说："是什么？"他说："有人让我们烧了冷姐的房子。"我问："谁？"K说：
"是陆哥。"

"那好消息是什么？"

K竖起一个指头说："好消息是，事成之后陆哥会给我们
二十万块钱，每人十万。"

说不心动是假的，但更多的是怀疑。我让K解释解释前因
后果，他吞咽了一口口水后说："回来路上，遇上陆哥，他拉我
到一个僻静角落，问我有没兴趣做一桩买卖，我摇摇头，想走，
陆哥拦住我说过了这个村就没这个店，让我考虑清楚。我没有动，
他就悄悄说，他希望冷姐跟他回城里，他年纪大了，想要个孩子，
但冷姐不同意，再说两个人隔这么远，也造不出孩子。陆哥说，
只要把这个恐龙仓库烧了，冷姐无处可去，自然只能回家。"

"烧了？"

K点点头，又补充说："也不是真烧，就是放把小火，让冷
姐恐惧，逼她回头。"我又问："会被抓吗？"他说："应该不会。"

院子里忽然起了一阵妖风，把落叶扫开，露出一条清晰可
见的路，K指着那片空地说："现在有条路给我们走，你说，走
还是不走？"

"你想想吧。"K在关门时说，"还有一件事，我也是今天才
知道的，陆哥说黑猫是冷姐撞死的，因为冷姐想让我多陪她说

说话。"

6

决定放火前一天,我让 K 为我剃头,头发长了,难以修剪,不如全部剃掉。他拿着剪刀,咔嚓几下,剪掉了我的烦恼丝,接下来,用一把推子像除草一样在我头顶来回推动。我想,不知道寺庙里是如何为人落发的。坐在椅子上,看着窗外的小山,我问 K,那里是不是曾有一座庙?的确是,他说,那里曾经有一座庙,但是发生了一次意外大火,烧了,烧毁后,并未在原址重建,那片地连同附近的地被一个开发商拿下,建成了"瓦尔登湖"别墅群。

K 说,只要干完这一票,拿到钱,他就去别处开个民宿,春天赏花,夏天听蝉,秋天捡枫叶,冬天看雪。他又说,你看,我们讨论诗、讨论小说、讨论画,最后还是避不过讨论钱。

我点点头,把地上的断发扫了,又用热毛巾在脑袋上囵囵抹了一圈。K 嘱咐我,一定要把书想办法先收拾起来,如果火势蔓延,把书烧了,我们就完了。我在屋子里找了一圈,并无任何房间和地窖可以藏书,短时间内,书也运不出去。最后,K

指了指院子外的土地说，咱们把书放在箱子里，种下去。

我从杂物间找来一把铁锹，松了松土，K则回房整理书，总共清了三大箱出来。我们用牛皮箱把书装好，放在脚边，两个人一人一锹开始给书造窝。K问我过去种过树吗？我说没有。他又说，别人种树，我们种书，都是百年大计，但现在没人种树，也没人看书了。我擦了擦额头的汗珠，又埋头干起活来。

两个小时后，我们终于将书埋进了地下，并在地面做了一个小标记。做完这一切后，我们已经筋疲力尽，不知第二天的行动能否顺利进行。

傍晚，我和K又坐在院子里吃饭，这次我们宰了一只鸡壮行。那是我第一次看K杀鸡，他把鸡头连冠一起握住，右手执刀，对着鸡脖一刀，血溅出来，洒了一地，我隔了几米远，还是在风里闻到了那遮掩不住的腥气。血放干净后，K把鸡扔进开水里，煺了毛。最终，这只鸡被做成了鸡汤，端上了餐桌。

我和K意识到，这是我们最后的晚餐。放火后，我们将不再有借口留在此地，想到这里，两个人都没了聊天的心情。灯泡倒影落在酒杯里，像彩虹。我喜欢彩虹，彩虹代表雨过天晴，希望降临。

翌日，我们起了个大早，开始清点工具，无非就是那几样。为防意外，陆哥借了皮卡车给我们，车钥匙在K手中。准备完毕后，我和 K 坐在空荡荡的房间里，一人一瓶酒喝了起来，酒壮尿人胆，这话没错。

约定的时间终于到了，太阳渐渐退场，我和 K 戴着口罩拿着工具翻墙而过。冷姐的院子一如往常，堆满了史前猛兽，我们穿行其间，犹如两个误入异世界的探险家。冷姐给这些恐龙标记了年代，我们一路从寒武纪走到三叠纪再到白垩纪，那些不会说话的生灵探头探脑张望着我们，好像电影试映场的观众。

就在我们准备行动时，前方忽然闪出一个黑色身影，K 拦住我，暗示不要轻举妄动，我们旋即躲藏在墙壁后，看着那个庞然大物转动身躯在院子里来回走动。

是恐龙，一只霸王龙。眼如巨蛋，后肢发达。它旁若无人地走着，每一步都踏得坚实无比。K 拍拍我的肩膀，让我看脚底，我忽然发现不知何时这里已经淌满液体，汽油像河一样把我们围起来。

那恐龙忽地转身，朝我们躲藏之处望了一眼，然后不知从哪儿掏出打火机，点燃了桌上的抹布，火势瞬间蔓延，朝我们袭来。在我们面前，一页摊开的书上写着——"六千五百万年前，天降巨石，巨石成群结队撞进大海，在海底撞出一个巨坑，海水瞬间汽化，蒸汽喷涌，掀起海啸，迅速横扫陆地……接着极地雪融、植物毁灭、大雨滂沱、山洪暴发，整个世界瞬间消亡，恐龙也随之消失。"

我推推 K 的肩膀，问他："皮卡车在哪里？"他望着远方说："我刚刚听到皮卡车启动的声音了。"说话间，K 的口袋里掉出一个笔记本，红色树叶被风扬起，笔记本上依稀可见一行字——"我们无处可逃"。这是 K 在一个月前写下的一行诗句，只有一句，因为他告诉我，他不知道其他的应该如何写下去。

去屠宰场谈恋爱好吗

他们相约在屠宰场见面。

地方是她定的，时间是他定的，她迷路了，他迟到了。两个人在巨型建筑物外绕了两圈，终于接头，她已满头大汗，他已气喘吁吁。这是一次尴尬的会面，从开始就注定了结局。

他们是老乡，此前从未见过，双方父母通过某种方式取得联系，远程安排了这场相亲。她不想来，他也不想来，但父母之命难违，他们还是见面了，但彼此已打定主意快速离场，为此，她命闺蜜在三小时后打来电话，而他则想好了看球赛的借口。

在将近一百年前，此地是远东第一屠宰场，专门宰杀牛羊供外侨食用，建筑设计师乃英国人，承建商也颇为出名。而今，此地已无牛羊踪影，血腥气也早已被咖啡香气涤尽，人们来此聊天、吃饭、拍照，不亦乐乎。

她走进一家咖啡馆，他尾随而入，她点了拿铁，他要了美式咖啡，当然是他付钱。于是他趁机夺过话语权，询问她可否去露天座位上歇息，她欣然应允。两个人在灰黑色迷宫中落座，气氛尴尬，像屠夫握刀在询问牛羊意见："杀还是不杀？"

　　还是要杀。

　　她撕咬了几口咖啡，终于鼓足勇气，打算从学校后门讲起。他们的高中仅一街之隔，这多少能构成一些毫无杀伤力的话题。她说起学校后街有一家米粉店味道不错，高中晚自习前经常光顾，他连声称是，他也吃过，的确汤汁鲜美，牛肉筋道。他们一路从米粉店说到书店、文具店、肯德基、麦当劳，都是些无伤大雅的东西，再附赠一些虚伪假笑，就这样，好像一对认识多年的老友般，说什么都能瞬间接上。

　　气氛热络后，她的好胜心已经上膛，无论如何，应该朝尖锐处去，不能继续不疼不痒。过去，她谈过许多无疾而终的恋爱。起初，她不以为然，直到现在，皱纹在暗中伺机而动，她终于敏感起来——时间不等人，谈话应单刀直入。

　　话题立刻转到工作上，他拧成冰山的眉峰终于松动，那是他擅长的领域，毕竟每日至少有十小时和工作厮守在一起，工作才是他真实的爱人。他开始谈及公司近期的跨国项目，他负责的案子正进行到哪个阶段。她笑了笑，也不避让，聊起近期频繁引人注目的广告，那正是她的杰作……

光鲜的职业履历很快将市井童年生活砍得七零八落，她稍稍蹙眉，总觉得哪里有些不对劲，但说不上来。立秋后，一天凉过一天，她抬头看了眼阴云，意识到要下雨了。但这座城市的雨总憋着一股劲，你以为它要俯冲到地上，它偏在至高处瞪着你，以低气压环绕着你，不肯潇潇洒洒将你围入雨中。它让你错觉以为总有后路，实际上，路在哪儿呢？

他打了个响指将她拽回现实，她茫然笑笑，不知道还要说什么。时间点滴流逝，咖啡已经冷掉，雨威胁着游人走进檐下，原本宽敞的位置立刻显得有些局促。于是他们不说话了，和所有人一样，偶尔望望天，偶尔望望手机，等雨或等一条微信，十分被动。

沉默数分钟后，耳朵像塞满了难民的防空洞，再度拥挤起来。人们聊着在哪里买了房子，贷款多少钱，装修需要多少钱，到底什么时候涨工资。她突然抬起头，逼视着他说："你不打算在这边买房子吗？"他被这汹涌气势煞到，眼神闪避："我已经在老家买了。"

"我们总有一天都要回去的吧？"她没有看他，视线游移，像自言自语，"那我们来这里是为什么呢？"

他突然产生幻觉，远处灰色浮桥上站着一列整齐的牲畜，牲畜躲在檐下，不肯移动，操作工拿巨大钉耙驱赶动物，动物被迫跌入坡道中。坡道上有滑腻腻的油，一踏上去，就如坐滑梯，猛地跌落至下一层。他受好奇心驱使，跑去围观，在那具有仪式感的穹顶下，牛被电流瞬间击毙……

"据说这屠宰场内有一条近两公里长的流水线，蒸馏、消毒、化验、解剖一应俱全，牛羊运抵屠宰场后不会立刻毙命，反而拥有一段长达二十四小时的休息时间，用来消退动物们的恐惧感，能令其肉质鲜美。"前天夜里，他拧开台灯，蜷缩病榻一隅，观看了一部有关这座古建的纪录片，纪录片里讲："这里曾经每天要宰杀五百头羊、三百头牛和一百头牛犊，生产一百三十多吨品质上乘的各类肉食。"

她拎包站起来，眉头紧蹙，周围人已经将她挤到无处可躲。"走吧，"她起身催他，"人太多了，真是烦。"两人遂沿着牛羊道缓缓走着。沿路都有驻足赏景的人，人们拿着手机、照相机，寻找不同角度拍照或被拍。坡道虽不至于陡峭，但仍要注意，阴天潮气弥漫，到处渗着若有似无的霉味。她穿着高跟鞋，走不稳，时时要扶住石头墙壁，他却没有任何搀扶的意思："听说这些石头以前是从英国运来的，当时那些牛羊就从这些坡道上滑下去，这就像一个传送带一样。"

从生到死，区区两公里流水线而已，即使能在这宛若教堂的建筑内多待一阵，也依旧逃不过任人宰割的命运。她在路中央停下来，风从四面八方闯入，有那么一个刹那，她觉得自己要飞起来了。为什么这么凉？很快，她注意到附近有一些气孔，不知道做什么用，小孔吸引了她的注意，她特意凑近看了看，他立刻跟过来，笑道："据说这些排气孔是为了让牛羊死后飞升入极乐世界的。"

她瞪了他一眼，她不是那种男人炫耀几个知识点就赞叹好厉害的小女孩，她有自己的想法。就在她准备找借口离去时，前方突然冲出大拨人马，人们伴随着嘈杂配乐拥出，形同屠宰场内横冲直闯的牛羊……他到底还是护住了她，用身体当人墙，将她挡在一边，她得以保全妆容。"谢谢，"她说，"没想到这里还有人搞婚礼。"

"对啊，没想到，不过还挺特别的。"

"不过我肯定不会选这个地方办婚礼，不吉利。"她退到石墙后，他也跟着退，两个人像躲在暗墙下的杀手，眉头紧皱，表情严肃。远处，婚礼花海一路蔓延，到石墙跟前就停了下来，这份热闹终究与他们无关。

"你想过办什么样的婚礼吗？"她猛然发问。

本该关闭的对话匣再度开启，他说想去海边办婚礼，或者不办，直接去国外旅游，但最终还要看妻子意见，能说服双方父母，怎么都好办。她的眉眼在他的叙述中轮转，时阴时晴。

在漫长人生中，她数次想过主宰命运，假使不行，主宰婚姻，主宰一场婚礼也好，可她渐渐觉得力不从心了，有什么东西悄然从身侧滑落，抓也抓不到。

"我小时候想在城堡举办婚礼，后来想的是海边，现在已经没什么想法了……"她意识到婚礼如同给牛羊做按摩，都是杀生前的仪式而已，隆重与否不重要，反正，无论从哪条路走下来，都会跌入相同滑道，相同结局。

"走吧，我们去上面看看。听说上面有个空中花园。"他试图转移话题，不让气氛凝固在这刻，他们还没有熟到必须讨论婚礼的地步，"听说这栋楼一共有四层，顶楼是空中花园，每层有三到四个楼梯，还有无数坡道，晚上灯光昏暗时，人容易在里头迷路。"

"是吗？"事实很快应验，这楼梯既窄又陡，只容一人通过，他们只能一前一后走着。她突然说起小时候和邻居玩抓鬼游戏，三至五人组队，排成毛毛虫队列，去往阴森破旧的烂尾楼探险，她很惨，总是走在最后落单那个。一开始，她总是冲在人前，但时间久了，她便逐渐掉队，后来小伙伴嫌她妨碍进度，就让她成了挂在最后的尾巴。

"最后那个人很倒霉。"他说他也玩过这类游戏，但总是冲在最前头，如果有鬼，第一个人死得快，没烦恼，最后一个总要担心背后有人。当然，走在中间最好，是夹心饼干，前有人当肉盾，后有人做安全靠垫。

"做中间的人是最好的，基数大，不犯错，最前最后都不好。但可惜，我们不是走在中间的，现在路上只有我们两个人，不是走最前面，就是走最后面。"就在她心灰意冷时，一家童话风格的店突然出现在她的眼前。店内外墙壁上都绘满了动物、溪流、阔叶植物……如同一本摊开的童话书。她正想去里头探秘，却被他一把揽住，同时指了指身侧的牌子，牌子上写着"美育国际儿童教育中心"。

哦，早教机构。她在公司里已听到无数身为人母的同事讲过，养育婴儿多么花钱。小孩子就像碎钞机，白花花钞票啊，扔进去，渣都不剩。尽管是一个未婚未育大龄女青年，她已完全了解怀孕生产之痛，和纸尿裤与进口奶粉的价格之高。她抬眼看了看他，他也显得尴尬，但工作人员已经从里头一跃而出，手上还捏着宣传单。她拔腿就走，拉着他急急离去，这是她第一次主动与他发生较为亲密的接触。

"没有别的路了吗？我想去买个杯子。"她再一次转移话题，并讲到独居于这座巨型都市的辛苦。毕业一开始同人合租，但隔壁邻居卫生习惯不佳，且夜夜晚归，她终于在辛苦工作三年后搬到近郊一处整套单间内，但远离邻里后，随之而来是安全问题及孤独的袭击。每天夜里，她都要再三检查房门是否完全锁闭，电视里不断冒出独居女性遭窃遇害笼罩在暴力阴影下的新闻……但说到最后，她又笑笑说，已经习惯了。

为了避免气氛继续凝滞，他拿出手机，准备寻找附近的家居小店，但一点儿信号也没有，屠宰场犹如四面封口的箱子，将二人锁在里头。他抬眼，四周尽是巨大廊柱、冰冷砖石，这莫非就是堵住讯号来源的武器？他有点心灰意冷，女孩的反应显示这又是一场失败战役，到现在，他连一个导游都做不好。

"休息一下吧，别找了。"她指了指身侧的空座，两人很快像俄罗斯方块一样，对准空隙，填补进去。在二人身侧，三个老头正在用本地方言热络聊天，他和她都是异乡人，对那些话一知半解，只能当背景音一样囫囵听下去。

"小姑娘，这边好玩吗？"其中一个戴礼帽的老头突然对她发问。她顺顺耳边碎发，脸颊发红，点头也不是，摇头也不是。那老头似乎一下抓到了什么把柄，用不标准的普通话解释道："这里以前可没有这么繁华啊，我们小时候，这边就是老屠宰场，牛啊猪啊都用卡车直接拉进大门，但也有少数，由农民从郊区一路赶过来，我小时候很喜欢跟在后头看热闹。不过有一次，真是把我吓到了，一只牛就要被拉进大门时突然双膝跪在地上，人们去看，到底是怎么回事，这一看不得了，发现牛居然在流眼泪啊……"

　　她不说话了，天色渐渐阴沉，雨势虽已收住，但空气中的湿度像透明塑料袋，捂住每个毛孔，她莫名开始惦记数十年前那头牛的身世——待在穷乡僻壤就可以毫无知觉地死去，但突然来到这巨大屠宰场，一不留神就亲眼预知了被宰杀的命运，这是幸还是不幸呢？

　　就在她思索间隙，三位老者已悄然离去，她望着老人离去的方向说："我们也走吧，这里一点儿信号也没有，太恐怖了……"

　　"那就走吧。"他自恃方向感强，特意走在前头，她默默无言，跟在后头。两人就这样缄默不语地走着，走了有好一阵，雾如巨大塑料网袋，在空中飘荡。迷路了吗？他产生过怀疑，但这是城市，这里条理分明，有电梯，有灯光，有发达的轨道交通，有秩序，怎么会迷路？他还是坚持走，走了一会儿，她突然顿住步子，轻轻叫了一声："你看到了吗？"

　　看到了，当然看到了，远处廊桥上站着一只低头流泪的牛，那牛通体灰黄，身强肉壮，牛角上还微微沾染血迹，像是和谁搏斗过。牛看见二人，既没有跑，也没有逃，就那么静默无语地站着。

　　那牛好像穿越了一个世纪才抵达此地，所以并不急于采取任何行动，而他和她，作为渺小又机敏的人类，不得不率先采取行动——必须立刻闯出去。带着这种信念，他越来越急，脑中却涌出纪录片里的旁白："当初动物经由廊桥进入屠宰区，每座廊桥宽度不同，不同尺寸的牛会经由不同宽度的廊桥进入，以达到分流作用。为免动物在屠宰场受到惊吓逃跑或伤人，特设大弧度法式旋转楼梯供工人逃生。"

法式旋梯？

他告诉她要尽快找到法式旋梯，必须加快步伐，这样才能逃出生天。她说好，立刻警觉起来，如一头受惊小兽。两个人步伐越来越快，把二、三层全部找遍，却根本看不到旋梯，但那牛还是一直在那儿。没有人知道，那头牛什么时候会突然俯冲下来，它站在廊桥中央，像一枚定时炸弹。

二人再一次经过了婚礼现场，盛宴已散，满地狼藉；那个早教中心也早已大门紧闭，从窗户窥进去，仅留一地残肢断臂的布偶；三个拄拐杖的老头已不见踪影，空余一地瓜子壳……天越来越暗，眼见就要天黑，而灯光尚未亮起，在这明暗焦灼间，他和她仿佛被吸入百年前的世界。

每一层，每一个位置，无论他们如何逃，总能看见那头流泪的牛，牛仿佛变成了大海上的浮标，他们一直避让，却又一直碰见。在巨大建筑物中绕了三四圈后，他们终于认清了一个残酷现实——他们已经走得太远，以至于无法回到原点。咖啡馆的名字还记得，但招牌消失了，入口的位置记得，但门已经不见了。

"迷路了。"她下了一个绝望的论断。

"迷路了。"他肯定了她的猜疑。

从此他们就要困在这座冰冷迷宫内，无论如何逃，如何跑，不会有任何出口。结婚、育儿、老去，每一种结局都是残局，每一次回眸都能看见那头默默流泪的老牛。

她终于忍不住了，坐在地上，放声大哭，边哭边讲小时候的凄惨经历——那一年，她六岁，被粗心的母亲遗忘在商场角落。她在儿童柜台独自待了一整夜，哭了半夜，累了就趴在柜台上睡觉。梦中，她想起一部恐怖电影，电影中，一个班的学生困在孤岛，互相残杀……

这里也是孤岛，她说如果走不出去的话，是不是只有两种结局？牛杀了他们，或他们杀了牛。他摸摸她的头说，或许可以分开走，他去引开那头牛，她借此机会找到逃生旋梯，然后赶紧跑出去。她说不行，她和他没有关系，他不必做无谓牺牲。

"如果要死，就一起死吧，一个人苟活也没什么意思。"她擦干眼泪，坚定望着他。

"那就必须把所有死路走一遍。"他想起儿时迷恋迷宫游戏，买来图纸，废寝忘食寻找线索。成年后，他比所有同龄人都要敏感，率先起了出外闯荡、寻找迷宫的念头。他知道外部世界崎岖坎坷，而故乡的路平坦安稳，但他就是热爱迷宫，即使中途迷路，坐困愁城，马亡粮断。他本来以为在这里遇到她是一种缘分——两条平行线不会陡然在这迷宫深处交会，但他没有想到的是，即使是同路人，也仍要面对巨大砖石、汹涌人墙以及无数次发生在分歧路口的争吵……

"要把道路走通，首先就要在脑袋里将死路走一遍，走了足够多的死路，才有更大机会找到那条生路……"他和她讲述通关经验，"没有别的办法，置之死地而后生。"

"我已经很累了，"她把高跟鞋脱掉，拿在手上，甩了甩说，"就这样一直逃，一直跑，我已经很累了，我已经跑坏了多少双鞋子你知道吗？"

"可是我们没有别的路可走了。"他也坐下来，挨着她坐下来，两个人伸长脖子望着天。天空一片晦暗，没有一丝星影，月亮也被阴云遮住，一切都毫无希望。

就在二人打算放弃时，一座形如月亮的弧形旋梯突然从楼下渐渐升起，仿佛海中浮起的明月，朝空中缓缓飘去。

"这是那个法式旋梯吗？"

"好像是的。"

在他们背后，那头流着眼泪的牛正逐渐消失在浮桥上。

知音号

1

"夜晚，我们船上见。"

发信人是森。半年前，他们相识于某网站。那时她刚从北京回来，面试遇挫，诸事不顺。心情郁结时她将满腔愤怒诉诸笔端，发到网上，引来诸多留言与私信。在这些光怪陆离、主题各异的信中，唯有森，如敏捷猎人，正中靶心，一箭击穿她的心事。对于交友，她有一套严格的取舍标准。用自己头像的不要，名字奇怪的不要，言语没有内涵的不要，几轮筛选下来，她留下了森。森是社交网络中的少数派，行踪诡秘，极少对热门事件发表评论，也从来不晒照片，偶尔转发的都是歌曲、影评等。他干净得像一张未染墨的宣纸，引发她极大的书写兴致。

但也仅止于此，她已经过了三十岁，不再是幻想恋情的天真女孩。在疲惫生活中，有一个说得上话的异性足矣，她并未幻想和对方发生任何罗曼蒂克恋情。尽管也有试探对方的身高长相工作学历，但也仅仅是试探，不可能再朝前踏出一步。

就在她沉浸于回忆中时，父亲忽然走了过来，问她为何对着鱼缸傻笑，她这才注意到手中鱼食还未放入缸中。从北京回来后，她承包了喂鱼、养花、买菜等工作。但不知为何，自她喂鱼以来，那些金鱼总是莫名其妙地批量死亡。不仅如此，鱼身上还会长白斑、白毛、白点、红疮……她向父亲求助，父亲只是说，没关系，多试试就好了。

把鱼食撒完，她又跑去阳台上照顾花朵，过去在北京时，她只养那种易活的办公室植物。这些植物的特点是，浇水不浇水，照看不照看，都能凑合活下去，像她七年来的北漂生活一样，时常处于一种半死不活的忙碌状态，忘记吃饭，忘记喝水，没空做饭就点外卖，加完班就倒头大睡，周末必定睡到日上三竿。浇水间隙，母亲凑了过来，问她考虑得怎么样。她"嗯"了一下，以为母亲看到了森发来的信息，但回过神后才想起来母亲是在问她相亲的事。

她摇摇头说不想去。母亲恼了，奚落道："你也不看看你多大年纪了。"她从地上拾起剪刀，开始替花修剪枝丫。母亲继续咄咄逼人："你到底要什么样的男的，你说说看。"这下彻底惹笑了她，她说："我要灵魂知己。""什么是灵魂知己？"母亲夺过剪刀利落修剪起来。她搓搓手，清掉手上泥土说："反正不是你们这样的。"

和大多数子女一样，她不太知道父母的恋爱往事，只知道那是一个有辆三轮车就能结婚的简朴年代。那时母亲是工人，父亲也是，两人通过媒人相识，不久便结婚，婚后不久便有了她。儿时，父母经常发生争执，大部分时候是为了钱。上了年纪后，父母的娱乐生活变成分岔的小径，父亲沉迷于彩票、抗日片及养鱼，母亲则沉迷于广场舞、综艺节目和养花。母亲能熟练叫出各个当红明星的名字，知道在出门时应该涂上口红，定期修剪头发，而父亲则不，父亲活在一个旧年代中。父母极少统一阵线，每天都会为了各种生活琐事争吵，唯有对待她的婚恋问题时，战线一致。

父母的思路很简单，无论如何，在这盘菜彻底凉掉之前，要赶紧销出去。

七年来，她独自在北京打拼，谈不上节约，但也绝非挥霍之人。但一路下来，没有买房，也没有存到多少钱，人生像滑滑梯般，不知道怎么就滑到了三十岁，而三十岁是滑滑梯的结尾——冰凉的水泥地。

决定回老家时，她的肚子里已经生了一个囊肿，囊肿的位置在卵巢，医生说这或许与她作息紊乱有关，建议好生休养，不要总想着工作。她点头称好，旋即便赴公司加班。她在广告公司里做设计工作，这是一个看似需要技术含量，实则颇不受重视的岗位，无论是谁，都能对她的设计图稿指指点点。她受够了这种生活，也受够了北京的空气，于是决定回老家，重新开始。

　　一开始，她以为老家是温柔的，以其工作资历，在这里谋得一个中高薪工作并非难事。但实际找下来，却让她的心凉了半截。这里和北上广不同，私企制度混乱，常有公司不给员工办理"五险一金"，周六上班的公司也颇多，根本没有双休一说，至于工资，大概仅是她从前的一半，甚至更少。以前的初高中同学，不是被家人安排进了国企、事业单位，就是在私企混着，没有人能告诉她一个更好的出路。

　　人们总告诉她："忍忍，忍忍就过去了。"

　　她忍不了，也找不到说得上话的人。两个月前，她参加过一次同学聚会，聚会选在学校边的一处饭馆，吃完饭后人们讨论娱乐活动，一部分人说K歌，一部分人说打麻将，一部分人说洗脚。这三个选项都让她哭笑不得，哪一个都不想去，于是她找借口回了家。到家后，她关上门，把自己反锁在房间内。

原先北京的朋友正在热络讨论电影节的事，电影节上有杨德昌纪念单元，杨是她最喜欢的台湾导演。"很遗憾，去不了。"她把消息发给朋友，朋友们又问起她的近况，她说还不错，每天都能吃到妈妈做的饭，家乡空气质量也比较好。但说着说着就有点想哭，于是她把电脑深处的电影又拖拽出来，借看电影的机会，哭了一场。这样的哭，是一种心理安慰，她安慰自己是在为电影里的主角而哭，不是为自己。

森也是从北京回来的。他们时常会聊到有关北京的一切。从故宫檐角下的兽聊到东四胡同里的狗，从三月纷飞的柳絮聊到十一月满城的雾霾。他们在这个远离北京的地方又虚构了一个北京城，在这座城里，没有加班后的困倦，没有雾霾来袭时的抑郁，也没有出租屋内孤苦压抑的悲伤。离开一座城，像离开昔日恋人，时间一久，伤疤愈合，那些坏的渐渐沉底，鲜亮的记忆再度浮出水面。

2

父母下午要去表姐孩子的百日宴，问她去不去，她一口拒绝。临行前，父母一边穿鞋，一边说相声似的斥责她，说她性格孤僻，不合群，不爱和人交际，这样下去怎么办？其实想说的是这样下去嫁不掉怎么办。但二老都不愿提嫁这件事，总有些女孩会在成年后与婚姻无缘，他们不希望女儿是其中之一。

父母离开后，家里安静下来，她独自回到卧室，开始挑选晚上要穿的衣服。看了一圈后，目光停留在两件衣服上：其中一件是天蓝色衬衣裙，素净，合她胃口；另一件是红色露背连衣裙，夺目，大概会合男人的胃口。她在这两件衣服间摇摆不定。二十出头时，她会毫不犹豫地选择第一件，因为那时的她，从未受过社会规则的裹挟，但如今，在北京城及职场摸爬滚打多年，她已经明白，人必须在适当时候向社会规则低头。

她还是选择了红色那件。

这件红色连衣裙总共穿了不到三次，一次年会，一次闺蜜婚礼，第三次就是现在。她望着镜子里的自己，觉得已经是极限，三十岁的女人了，不可能拥有什么吹弹可破的肌肤，唯一耐以信赖的是经验，识人的经验，待人接物的经验。

她穿着裙子赤脚走到客厅，准备去选双鞋，窗外昏沉欲雨，让她有些担心。如果晚上下雨，还去不去呢？如果穿上高跟鞋，路上一脚泥，怎么办呢？要不然穿上雨鞋，把高跟鞋塞在包里？可是大包没小包精致，提在手里太蠢了。

她觉得很累。人到了一定年纪便不再为自己而活。即使坊间不断宣扬人要活出自我，但她知道，不可能的。半年多以前，她在电话里和父亲发生争执，隔日父亲便心梗住院，最后的解决办法是在心脏附近搭一座桥，这已经是一种极普遍的医疗手术，无甚难度，但仍使她愧疚不安。作为一个城市独生女，她最怕的事莫过于身在家乡的父母双双病倒。

照顾他人情绪已经成为成年人的一种美德。她猜想森会更喜欢她穿高跟鞋的样子。

她在鞋柜里翻箱倒柜，想找到那双白色高跟鞋，但无论如何都找不到，那双鞋是她工作后买过的第一件名牌。刚去北京时，她在国贸附近上班，工资才五千左右，除去房租及日常开销，根本剩不下多少钱。每次经过新光天地时，都会自惭形秽，那是不属于她的地方。大城市给了她一种翻身的错觉，又用高额房租将她彻底逼退。北京对她来说，就是一场梦。

森又发来信息，问她在做什么，并提醒她晚上或许有雨，温度较低，要备上外套。她在现实生活中很少见到如此细心的男人了。在家里，操心的人总是母亲，父亲都五十多岁了，仍像没有长大的小孩一样，需要母亲来关心他的生活起居。她疑心父亲是缀在母亲身上的多余器官，扯不掉，拉不掉，累赘一样。

化完妆，时间已经不早了。她拿了雨伞匆匆出门。从家里赶赴那艘船需要一小时左右。

森和她约在"知音号"见面，这是一艘民国时建成的商用船只，此后很长一段时间便不再使用，现在则粉刷一新改成了城内炙手可热的休闲场所。据说其中房间物件娱乐设施均仿民国风格所建，一票难求。

抵达码头时已是傍晚时分，码头上人来人往，男人着马褂、长衫，女人则着旗袍或晚礼服。小贩还在沿街叫卖着，有扮报童的小孩与她擦身而过，嘴里说着八十多年前的新闻。

她独自在码头站了一会儿，雨很快就落了下来，是小雨，像小鱼的吻，轻轻咬了咬她的脸，有些调皮，但一点儿也不狠。她还是撑起伞，怕水花了她的妆。在码头上这样站着，像是盼望丈夫战胜归来的年轻妇人。在她面前，好多情侣相偎经过。一切梦一样、拍戏般不真实。但这种不真实正是她一直以来孜孜不倦追求的。

森说今天加班，可能会晚点到，如果雨大了，劝她去船内避一避。等了约十分钟后，雨果然不留情面地变大了，一瞬间，码头上烟雨蒙蒙。她一直死死盯住入口处，那里有无数男人经过，高矮肥瘦，模样不一。森说他今天穿深蓝色西装，系格纹领结，应该好认。她之前看过他的照片。照片里，男人站在富士山下，容颜清俊，笑容干净。

在码头上，她突然想起外婆说过的故事。民国时，城内遭日军轰炸，居民们被迫逃离，但每天开往重庆的船只有限，许多负伤的逃难者，等不到船来，就死去了。每每想起这些，她总会想象那些人在岸上、在水中，挣扎求生的目光。她忽然觉得自己是难民。从家乡逃到北京，从北京逃回家乡。从家里的卧室逃到北京的写字楼，又从写字楼逃回卧室。但难民们真的有安身之所吗？

那艘船终于抵港了。

人们在码头上欢呼雀跃。人群中，忽然有人在背后拍了拍她的肩膀，她转身，对上他的眼睛。那是一双好看的眼睛，像有黑漆漆的防空洞藏在其后，只要看着他的眼，就像有了避难之所。

男人对她说："走吧，我们上船。"

这句话标准而得体，没有夹杂任何让人误会的口音。是的，是船，而不是床。她不想维持现代社会的情侣关系，在还没有互相了解时就彼此交付。

登船后，首先映入眼帘的是一座巨大舞池，闪光球体在脑袋上旋转。男人俯身，做了一个"请"的动作，她本能向后退一步，却被那个人的手拉着跌进舞池。"没事，总有第一次的。"男人拉着她跳起来，才跳了五分钟，她就踩了他三次。"我们跳我们的，别管别人。"在男人的言语安抚下，她终于觉得自己跟上了曲拍。

一曲舞毕，两人到旁边喝酒。她终于有空静下来打量眼前这个人。她一直觉得他像森林，脸上长满郁郁葱葱的生机，他的目光是一条路，能为迷途的人辟出一条生路。她望着他，不敢说话。倒是他颇为大方地说："走，我们去甲板转转。"

走出舞池，来到甲板，雨尚未停。她在甲板上转了转，远处，建筑被雨含在嘴里，吞吞吐吐，看不真切，像她的未来，飘在半空，毫无着落。风起了，有些冷，男人把衣服搭到她的肩上，她说了一声谢谢。这声谢谢仿佛穿越一个世纪而来，慢而悠长，是她数百天来反反复复在心里吟唱的，一句谢谢。

"你知道这艘船为什么叫知音号吗？"他轻轻问。

知道，当然知道。这座城市里每个人都知道这个典故。春秋时，有个叫俞伯牙的人，擅鼓琴，但他一直找不到能听懂其琴音之人。有一天，在归国途中，他遇到了一个叫钟子期的樵夫，没想到这个樵夫竟然能通过琴声领会伯牙所想。从此之后，他们成为挚友。子期死后，伯牙认为世间再无知音，于是破琴绝弦，终身不再弹琴。

这座城市里每个人都知道知音的典故，但并无人苦苦寻觅知音。这不重要，听不听得懂琴音，并不重要，只要能跳舞，能喝酒，能开心，日子就能过下去。生于她这个年代的人，很容易产生一种感觉——有血缘关系的父母实际上是世上最不了解自己的人，而没有血缘关系的陌生人才是投契知己。

雨势渐大，她随森躲入咖啡馆。咖啡馆没有隔壁舞厅热闹，人们三三两两零散坐着。她叫了一杯拿铁，森叫了一杯红茶。她不敢看森的眼，只能透过船舱上的圆形玻璃，望向窗外。船离开港口已经有阵子了，他们正在驶向未知。

沉默一阵，森突然盯着她说："你想听故事吗？"

她点了点头。

3

有个小男孩，和这座城市里大多数小孩一样，生在一个普通家庭，父亲是工人，母亲也是。十岁之前，工人家庭是世上最好的家庭，夏天有免费的冷饮吃，冬天可以围在一起烤火。但十岁之后，父亲下岗了，母亲也下岗了。父亲找了辆电动三轮车，在城里开来开去，母亲找了个商场，站站柜台。家里给不了他更多钱，他只能埋头读书，但这不是最重要的，重要的是，再也没有什么是免费的，要得到什么必须付出代价。

高中时，他进入重点中学，一心想靠读书来改变命运，但高考时，发挥不佳，他去了一所二本院校。毕业后，他在家乡求职，但到处碰壁，这座城市里有太多的大学生，像繁殖过剩的小龙虾一样多，他作为一个没有任何背景的人，必然占不了一个好坑。求职受挫后，他不顾父母反对，买了一张去北京的火车票。起初，运气不错，他去了一家大公司。但很快，他发现，自己白天黑夜地忙，吃不好饭，睡不好觉，但并未得来好结果。无论如何，他买不起房，也不可能在北京立足，这里的一切，并不属于他。

意识到这一点后，他感到悲哀，但也无能为力。父母在家乡招手，让他回去。是啊，一个独生子女，还能怎么样呢？把父母晾在家乡一辈子吗？人们在媒体上宣传，宣传着大城市的不堪，然后告诉他们，逃离北京，能过上安逸日子。一开始，他受这类思潮蛊惑，整理行装，回到故土，但很快他发现，故土已是焦土，他已无法在这里立足。

父母说："结个婚生个孩子就好了，你还想怎么样呢？"

他和父母找不到话题，和旧日同学也找不到话题，和新认识的同事更找不到话题。无处可去时，他就去酒吧泡着，酗酒，找女孩聊天。很快，他遇上一个女孩，对方明艳勾人，他很快落入网中。痴缠一夜后，他和她在大街上分开，回到各自的生活里。但没想到，一个月后，女孩发消息告诉他，她怀孕了。

接下来就和所有奉子成婚的戏码一样，他把她带回家，介绍给父母认识，父母喜出望外，二人很快举办酒宴，再不久，孩子出生，他终于迎来了一个俗套结局。婚后，他发现，他和妻子找不到任何共同话题，对方最喜欢做的事就是找他要钱及做指甲。

　　心情苦闷时，他就泡在网上，在各种网站转来转去。现代生活真是好，发明了这种方式来麻痹世人，看看明星八卦，看看这世界上哪儿又海啸了又火灾了，就会产生自己过得还算不错的错觉。有一天，他在网络里游烦了，忽然撞见一个帖子。帖子是一个女孩所写，刚从北京回来，面试碰壁，心情抑郁。她在帖子里写："无论在北上广，还是在家乡，只有敌人的不同，命运并不会在你束手就擒时，慷慨放你一条生路。绳子越来越紧，命运摁住你的脑袋，你终于开始明白，自己不过是在等待一艘逃走的小船，而那艘船，永远不会来，但洪水，已越来越近。"

　　他很快认识了那个女孩。

　　他们像失散已久的亲人一样，透过虚拟网络，彼此握手。他没敢告诉她他已结婚，她也没有问过他任何相关问题。这种默契像一种兴奋剂，让他的生活枯木逢春。他和她分享刚听过的专辑，她和他分享刚看过的电影。他们甚至聊到北京的某家书店，那家书店经常举行名家讲座，只要周末有空，她就会去听，恰好他也是。

他想过见她。但塞林格说过"爱是想触碰又收回手",于是他打消了这个念头。

就在他以为一切都不会开始时,他看到了一个广告,广告上写:"来知音号,找你的知音。"据说这艘名叫知音号的船从本市出发,会途经三峡,然后再原路返回。他忽然有了一个点子,如果在中途下船,他们是否就可以逃入大山或者逃到另一个地方。

如果女孩愿意抛下一切,和他到另一个地方生活,那么他愿意承担一切后果。

他很快对女孩发起了邀约,女孩爽朗地答应了。但他知道,这不是生活的全部,生活的全部是在好的答案之外一定要备上一个差的。于是他决定,如果女孩不和他一起走,他就独自在中途下船,然后随便漂流到任何一个地方。

森把故事讲完后,直勾勾看着她问:"所以,你愿意跟这个男人走吗?"

她把身体朝沙发里缩了缩说:"等我想想。"

4

回到客房后,已是夜里十点。她在床上躺了一会儿,很快昏睡过去。梦里，她终于离开了家，也远离了偌大的北京城。眼前是一片密林，看不清其中是否有猛兽或毒瘴。后路已无，她只能继续朝前走，走了一会儿，竟然发现一片风景绝美之地——彩鸟异兽在山间飞舞或奔走，绿叶红花点缀其间。在她面前，有一条河流，她不知道那条河有多深，但只有走过去，才能找到更美的风景。

森转身，朝她伸出手说："来，别怕。"

她握紧他的手，走过去，经过那条河时，忽然一脚踩空，陷入一片沼泽之中。她和森在沼泽地中越陷越深，直至没顶。

醒来时，天尚未亮，窗外一片漆黑。她忽然觉得很闷，想出去走走。雨尚未歇，船不知已行到哪座城市，她在走廊上站了一会儿，终于意识到离故乡越来越远，离北京也越来越远。

在点着小灯的走廊里，她独自走着，行至走廊尽头时，忽然发现一扇虚掩的门，门下有一张海报露出一个角，她轻轻推开门，拾起海报。

只见海报上写着：

国内首创沉浸式话剧

你是观众，也是演员

一场真实的梦境体验

编剧：谢森

　　房间地上还散落着诸多手稿，显是团队开会所留。她在那个房间站了很久，感到水从舱外灌进来。有什么正在下沉，不知道是她在下沉，还是船在下沉，或者世界在下沉。

　　在沉没的过程中，她忽然发现口袋里有一颗星星，一闪一闪。她把手机拿出来，看到母亲发来的信息："今天还回来吃饭吗？"她忽然感到前所未有的饥饿，像所有不顾一切逃生的难民，爬进她胃液的海洋中，喊了一声："好饿。"

没有星星的岛屿

1

这座岛还是个婴胚，尚未发育成形，岛连接市区的路又窄又长，形如脐带。她还记得第一天搬至岛上的情景——天下着蒙蒙细雨，苏宽开着一辆破二手车，载着她和行李，一路向南，来到了这座无名岛屿。

两个月前，她为了一件微不足道的小事与苏宽争吵，吵完后撇下他，独自一人走到了夜市。夜市里人声鼎沸，充斥着烤肉与啤酒的香气。她走到街道尽头的烧烤店，坐下来，点了五串肉、五串黄瓜、一瓶啤酒，独酌起来。喝到中途时，她抬头看了一眼天空，月光黯淡，寻不到半点星影。

是什么时候开始，完全看不到星星了呢？

儿时，她随奶奶住，奶奶家在一楼，有一处小院子，院子里栽满了月季还有一些藤蔓植物。每到盛夏，她们总会把竹床搬至院内空地上，躺在床上吃西瓜，数星星。那时的星星疯了一样，长满整片天空。后来，她逐渐长大，离开了奶奶家，搬至市区高楼与父母同住，自那时起，星星就越来越少，再也没有人会把床摆在屋外空地上睡觉。

　　啤酒很快喝到见底，她昏昏沉沉刷起了手机，一条新闻鱼一样游过她眼前：

　　　　男建筑师在三百亩荒岛造房子，六栋梦幻屋，是真正
　　的世外桃源。

　　新闻中写，此建筑师在三百亩小岛上建造了六所房子，周末和假期，带着妻儿登岛，钓鱼或看星星，过贴近自然的纯粹生活。岛上不但有澄澈湖泊，还有一大片树海森林，仿若人间仙境。在文末，编辑留下了建筑师的联系方式，说是意欲登岛参观者，可直接与其联系。

　　她没想到城市里还有这样的地方，这座被称为"新一线"的城市在过去五年来像吃了激素药一样，疯狂挖地，疯狂修高楼。她生于斯，长于斯，无处可逃。前几天，她和苏宽还一起去看

了房子，近两万一平，正在他们犹豫之际，看好的房型已经被人定下。自大学毕业来，奋斗多年，刚刚存下一笔积蓄，还来不及自我享受，很快就要拿去供养别的东西，简直莫名其妙。离开售楼处时，苏宽说："不然我们就租房过一辈子吧？"她理智里同意，感性里又大雨倾盆，一个男人不肯给一个女人稳定的居所和一个男人不爱一个女人基本可以画上等号。在林荫道上走了一会儿，她突然说："你是不是不爱我了？"

苏宽沉默了一会儿，摇摇头说："不是。"

自那时开始，他们便频繁发生争执，都是一些毫无意义的小事，但每次都能上升到爱不爱这样的高度，其实爱与不爱也不是什么高级话题，最后都要落到生存实处。她想了一会儿，把啤酒瓶移开，付了账，拨通了建筑师的电话。

电话那头传来一个男人的声音，背景里还有小孩子笑闹的动静，她在这头怯生生问："您是王先生吗？"对方答："是。"接下来，她就报道里的内容恭维了一番，并很快提出想要租下其中一间房。她本以为房子早已被租出去，没想到王姓建筑师却在电话那头说，还剩下一间七十平的房子，如果有兴趣，可以抽空登岛看房。她摇摇头说："不，不，我就要这个房子，不用看了，什么时候能搬过去？"

"真的不用先看看吗？"

"不用了。"她切断了自己的后路，也切断了苏宽的后路。

后来她把整件事复述给苏宽时，对方夸赞她的决定英明神武。她本以为没有商量就做出草率决定会惹来对方厌恶，没想到苏宽却说："这或许是你认识我以来做的最正确的事。"

抵岛那日，细雨飘摇。车里载满了行李，她的心里载满了忐忑。搬到这里不意味着只是住住而已，还意味着她彻底斩断了和过去的联系——她辞了那份味同嚼蜡还扰乱月经周期的工作，而苏宽也从公司辞职，准备把业余银饰师的身份变成正职。

下车卸行李时，没法撑伞，雨拍打在脸上，很快模糊了眼镜。她把眼镜擦了擦，装进口袋，继续搬东西，苏宽问她看不清楚不要紧吗？她说看不清就看不清吧，雨总会停。

雨在临近中午时收住，她把家具物什一一摆好，心里想着新生活即将成形。站在客厅正中央，放眼望去，湖泊安宁如一位不苟言笑的老者，有一种安宁力量。过去她居住在闹市区居民楼内，隔壁总是吵闹不堪，不是中年夫妇就儿子教育问题发生争执，就是老婆婆堵在楼道里，通过各种机会探寻她的隐私，她早已不堪其扰。那时她就动了搬到市郊的心思，但那样意味着通勤时间会延长到一个多小时，这实在让人无法接受。

"这里夜晚能看到星星吧？"她问苏宽。

苏宽点点头，笑着说："何止星星，我看这里搞不好还能看到外星飞碟。"几日之前，新闻里疯传北方多地看到外星飞碟，画面中，那一闪而过的微光拖着一个细小的尾巴，划过天际。

有飞碟更好，她恨不能被外星人抓去，抓至另一个星球，被束在白色手术台上，在睡梦中被开膛破肚，或装入义肢和螺丝，成为一种全新物种。有点意思。登岛不过区区半日，她的想象力就以一种前所未有的速度回归。过去，匍匐在那局促的办公桌上，耳边充斥着各种修改意见——放大，把这个字放大一点，这个图往左边移，对，移到左边。在繁忙而无聊的工作中，她被献祭，终于被咬掉脑袋，吞掉四肢，失去自我。

她热爱画画，又不得不以设计师的身份谋生，而这份工作的残酷性在于，既磨损了她对美术的热情，又榨干了她的私人生活时间。好几次，她和美院的师兄师姐见面，在座每人都面如菜色，互相说着设计师真是没有未来这种话。席间，偶有面色光彩者，都是家境殷实或天赋异禀成为知名艺术家的青年翘楚。而如她这般没有天赋，没有运气，又不甘于做个设计的人，只能一日复一日地被磨损，被消耗，直至从这世界上消失。

最初在岛上的几日，充满了新鲜与刺激，每当她坐在落地玻璃窗前歪头看书时，总能看见野兔一晃而过的身影。她喜欢这些灵动的生灵，自由自在，无拘无束。即使兔的寿命远远不及人类，但在短暂的兔生里，它们完全自由，不用工作，不用受制于人，不用站在街上吸入汽车尾气。

一天二十四小时，她最期待的还是夜晚。夜晚，万籁俱寂，她想着星星会高悬在天上，那些乍看起来只有碎钻大小的玩意儿实际上都是体积庞大的星球，它们散布在宇宙之中，上面或许有不同的生物，有红色的河流或蓝色的火山，这让她浮想联翩。

但，自登岛以来，她一直没有看到过星星。一开始，是因为暴雨，雨把整座岛下成了一凶案现场，她只能和苏宽靠在一起，用投影仪看电影，也不敢看过于暴力血腥或充满怪物与鬼魂的片子。她最常看的还是那种催眠式的、愈合心灵的影片，像日本的《小森林》那种。

暴雨过后，天气放晴，岛上天气回暖，她会趁夜色，披上一件单衣，出去寻觅星星。但很奇怪，岛上的天仿佛被一层黑色幕布所遮蔽，看不到任何星辉，月亮倒是如银盘般清晰可见。有一句古话叫月明星稀，于是她巴望着月亮黯淡一点，但一周后，月亮也弱了下去，还是看不到任何星星。

"谁把星星吃掉了？"她喃喃自语。

"吃，下午吃什么？"苏宽从厨房冒出头来，问到晚饭事宜。岛上没有食物，只有一些野树与野果，前几日她试图照网上的教程自己辟出一个种菜的院子，但久居城市，她早已失去动手能力，连种子要朝哪里撒下去也不知道。

连日来，苏宽一直忙于工作室的搭建，他来到这里，目的明确，就是为了此后的人生不再受制于人——不用再在酒桌上喝掉领导递过来的酒，不用再起草违心的文件与项目书。

苏宽越是目标明确，情绪稳定，她就越像一个装满了化学物质的炸药包，不知道自己什么时候会被点燃。每次遇到挫折时，她都很容易摇摆，并再度怀念起城市中的便捷生活，而每到这时，苏宽就会说："你自己决定的事怎么一点儿也不坚定呢？"

他们最终找到的解决办法是每周出岛一次，时间定在周二，因为一家距离这座岛较近的大型超市会在周二做会员活动，批量打折，他们可以趁这个时间点，买上一周需要的食物。

2

在岛上待了两周后，她依旧没有看到星星，生活陷入了循环往复的日常中。天气晴好时，她便和苏宽一起沿湖散步到中午；吃完饭后，她会午睡一会儿，不限制自己睡到几点；自然醒来后就看上十页书（不规定具体看哪本，从书架上随意取阅，拿到哪本是哪本）；下午四点左右，开始画画，从透明落地窗望出去，能看到夕阳西下的美丽场景，她会漫无目的地绘上两笔。就在她散漫地在画纸上泼洒心事时，苏宽总会在隔壁房间敲敲打打，她的思路经常被莫名其妙捶断，那滋味并不好受。好几次，她故意站在工作室门口，想看对方反应，而苏宽总是扬起脸说："不用管我，你去画你的吧。"

原来他压根儿不知道打扰到了她。又或者，打扰到她有什么要紧呢？她画的画赚不来一分钱，而苏宽制作的银饰是可以明码标价放在网店里换钱的。

不是不失望的。

但生活是她选的，人也是她挑的，如果贸然放弃，不会有任何人同情她。父亲几天前曾骑着一辆破自行车上岛看她，两个人在湖边发生了激烈争吵。她自小随父亲长大，缺乏母爱，不善于与人交流，父亲这些年为了照顾她也未另娶，长大后她催父亲出去相亲，但他已经丧失了社交能力（或者，那个和她血脉相连的男人与她一样，本就是沉默寡言的人）。

父亲在湖边站了一会儿说，他其实是来钓鱼的，只是顺便来看她过得如何。言语之间，他将渔具钓竿和塑料桶从自行车上卸了下来，她帮他把那些泛着鱼腥味的器具一一摆好，摆好后拾起一块石头，侧着朝湖面击打而去，但只激起了两处涟漪……她也曾想过，如果出生在一个经济条件较好的家庭，如果父亲没有下岗，母亲没有去世，她能否过上同学们那样的生活——

找一个家境更好的男人，由双方父母付房屋首付，他们就继续以小家庭形式寄生在大家庭之下……但并没有如果，父亲脸上的皱纹更深了，老人斑也爬满了脖子。

谈话不欢而散，父亲开始独自在湖边垂钓，但钓了一下午，一无所获。她在厨房里做吃的，四菜一汤。平时她和苏宽吃得精简，顶多做两个菜，但为了招待父亲，她把剩下几日的食材几乎全部用上了。

"本来还想给你们钓一条大鱼的，但是，运气不好。"父亲两手空空，站在客厅中央。苏宽洗了手，挽起袖子，招呼他们落座。饭桌上，三人相顾无言，因为没有摆放电视，连那种热闹的噪声也造不出来。他们只能静静看着黑暗而寂静的荒草、湖面，还有暗处的小动物。

临走时，父亲命她在屋子里待着，说屋外起了风，可能会落雨。接着他把苏宽邀请了出去，男人嘛，无非就是抽抽烟，聊聊天。她一边收拾碗筷，一边看着两个和她最为亲密的男人隐在树林里谈话。她猜不到他们会聊什么，屋外没有灯光，只有几日前她与苏宽用啤酒瓶搭出来的小路灯，她看不清他们的动作、神态，只能看到他们像棋桌上的黑子与白子一样，在大地上对弈。

聊了约莫半小时后，父亲回屋和她告别，说早点休息，有空再来看她。她点点头，旋即又想到岛上路灯稀少，夜路不安全，她拍拍苏宽的肩膀叮嘱他送父亲回市区，但父亲把自行车横在身前，目光坚定，说："不用了，你们回去吧。"父亲儿时在农村长大，对这种环境比他们熟悉得多。屡次劝说无果后，她只能任由父亲独自骑车，消失在乡野小路上。

"他跟你说了什么？"父亲一走，她就急切地问苏宽，"你们两个有什么可聊的，说了半个多小时？"

"没说什么，就说让我们在这里玩一阵，之后还是要老实回去上班，生孩子。他说他年纪大了，想早点抱孙子，再不抱，就抱不上了。"

"那你怎么回应的？"

"我说好，他说什么我都说好。"苏宽笑嘻嘻地说，"你还不明白吗？不用废话，点头就行了，做不做，怎么做，是我们自己的事情。"

苏宽说完后就躲进了工作室，继续敲敲打打。她坐在客厅中央，发起了呆，今晚依旧没有任何星星。

睡梦中，她梦到了一片海域，海上有海鸥飞过，她盘腿坐在一个仅三平米的小岛上。岛屿正在下陷，她仰起脸，等天黑，可天一直亮着，她的身子渐渐下滑，下滑，直至没入整片海域，与之融为一体。

翌日清晨，她被门铃叫醒，迷迷糊糊开门，发现来者是个年轻的女孩，若不是身后还牵着一个小女孩，她定要误会对方是个十六七岁的女学生。

来者称自己姓薛，丈夫是这六处房子的设计师王狄。因为孩子平时要在市区念双语学校，所以他们只有周末和节假日才能登岛。女人说完还把一个手工曲奇饼干礼盒交到了她手中，说："这是我自己做的，以后就是邻居了。"她连连点头说："是的，真的是谢谢王太太了。"两人在门口聊了一会儿后，王太太又热情邀请他们去参加四岁女儿的生日宴会，她本打算找理由拒绝，但盛情难却，最终还是答应了。

王太太离开后，她回到屋里，打开了曲奇饼干盒，盒子里的点心香气扑鼻，她咬了一块饼干，招呼苏宽来吃，又叽叽喳喳说："真是想不到，这么年轻就有两个孩子了，大女儿都四岁了，小儿子也两岁了。"

就她所知，王狄是九一年生人，比她还要小两岁。她生于一九八九年，即将三十岁，对自己的未来茫然无措，而王狄一家却早已建起了坚固堡垒。她望着窗外被风作弄得东摇西晃的树，第一次觉得心里有什么在分崩离析。

生日宴定是要赴约的，只是不知送点什么礼物。她知道王狄在大学期间留学北欧，顺路周游过欧洲各国，见多识广，怕是看不上寻常物件，但以她的财力也不可能购买昂贵物品，思来想去，她的目光忽然投到了苏宽身上——这不是现成的吗？手工的总比流水线产品要好，不如就送他们手打的银饰吧。

把这个想法告诉苏宽后，他有些犹豫。登岛数日来，苏宽花了大量时间耗在工作室内，他希望网店能尽快步入正轨，这样才能安心欣赏岛上风景。现在，订单量正在增加，网店稍有起色，中间插入礼物制作，势必要把顾客的订单排在后面。

"不如送点别的？"苏宽建议道，"就去礼物店或者网上买一些创意玩具就行了。"

她摇摇头说，不行，她不希望被邻居看不起。苏宽问为什么会看不起，她便将王狄留学欧洲，曾获多个建筑设计大奖的事告诉了他。苏宽笑了笑说："看不起，你送什么对方都看不起；看得起，你送什么对方都看得起。"

"你又想跟我吵架吗？"

苏宽顿了顿，摇摇头说："有吵架的工夫，东西早就做好了。"

拗不过她的再三恳求，苏宽最终还是答应了制作礼物。

3

生日宴那天早晨，她起得极早，外出摘了一些鲜艳的野花与绿叶，小心翼翼摆成花环状放在礼盒中。礼盒内，外圈是她亲手折叠的星星，中间则是一枚小银饰戒指，上面也有一颗星星。她看着那个礼盒，像看着一幅画，越看越满意。关上盖后，她拍拍盒子说："希望你不辱使命。"

隔壁房间，苏宽还在酣眠，为了赶制订单，他已经熬了好几个通宵。为了不吵醒他，她特意轻手轻脚拉上了窗帘，独自一人坐在客厅里欣赏风景，注视了一会儿窗外后，她突然意识到一件事——再好看的风景，看得久了，也会厌倦。想到这里，她立刻把视线移至室内，那是她精心布置的房间，用的都是宜家采购的物件，照着国外设计网站上的流行趋势搭建，充满现代简约美。这使她感到内心涌流着一股力量，一种对周遭一切心满意足的放松感。

到王宅时已接近中午。苏宽穿了一身棉麻服装，头发也乱糟糟的，她则穿了大红色连衣裙，两个人看起来格外不协调，像一块土色坯布罩在精心制作的青花瓷瓶上。王太太开门后，热络地招呼他们进门，她一边在门口换鞋，一边注意到了客厅中央的鱼。

扎着马尾辫的小女孩骑在一头巨大的充气鲸鱼上，在她脚下，是一个装满了水的充气游泳池，水里还有一些细小的金鱼。在游泳池旁边，摆着三个蓝色塑料桶，每个桶里都塞满了鱼。

"随便钓的，不知道怎么就钓了一大堆。"

王狄从厨房走出来，正对着她说："这是我们第二次见面吧？上次我们还是在市区里见的，这阵子过得还好吧？"

好，太好了，只是她不明白为什么一直看不到星星。她把这个问题抛给王狄，王狄反问道："怎么会呢？我们来的这阵子，都看得见啊。"

据说决定星星明暗主要有两个因素，一是取决于星星的发光能力，二是距离人们的远近。如今在大城市看不到星星，主要是因为大片灰尘颗粒覆盖城市上空，使星星能见度变低，另外晚上霓虹灯过亮，也掩盖了星星的光芒。不过还有一种说法是如今的宇宙正处于不断加速膨胀的过程，星空里的星星会离我们越来越远。

王狄科普完后，她点了点头，不置可否。王太太则从厨房里端出了一大盘红烧鱼，他们正式吃上了饭。饭桌上，为了活跃气氛找到话题，她一直在询问王狄有关挪威的事，问那边的三文鱼是不是真的那么好吃，问那里的人生活幸福感是不是很高，问去挪威旅游大概要花多少钱……

王狄告诉她，三文鱼有没有更好吃他尝不出来，但北欧的幸福指数高是一个彻头彻尾的假象。整个二十世纪，北欧，尤其是丹麦与芬兰，长期占据全球自杀榜前列。说个例子，国土面积百分之八十被冰雪覆盖的格陵兰，从一九六八年到二〇〇二年间发生了一千三百五十一起自杀案。

"不是说社会福利极好，下班也早，空气环境都很好，干吗还要自杀呢？"她一边解剖着碗里的鱼肉，一边说，"老早之前我还想移民去北欧，觉得那里是世外桃源呢，我连微信上所在位置写的都是冰岛。"

王狄喝了一口啤酒继续说，他有个朋友，一直在从事流行病学研究，说是生活在北半球高纬度地区的人抑郁症发病率更高，这个现象被命名为季节性情感障碍。在北欧，极夜可长达二十个小时，孤单的感觉整夜整夜袭来，说暗无天日一点儿也没错。挪威有个电视台还曾搞过一个电视直播，一列火车从卑尔根驶到首都奥斯陆的长镜头，一共播了七个多小时，没有任何情节，也没有旁白，连广告也没有，全国四分之一的人就这么屏息凝神，守在电视机前，看着这列火车一直开。

"一开始，所有人都以为电视台疯了，居然放这么无聊的东西。结果没想到人们越看越来劲，后来变成家家户户都在看，他们也不知道火车最终会开去哪儿，只要看见火车还在开，他们就觉得很有希望，很安心。"

她听着听着意识到，她看到的世界和她理解的世界存在着巨大偏差，她的经历还不足以弥补见识的短浅，向往的北欧生活和真正的北欧生活，或许是完全不同的两件事。

吃完饭后，她的精神还在神游，神游期间，她帮王太太洗碗，洗碗精用的是一个进口的天然有机品牌。王太太说，这种有机的东西贵是贵些，但是给家人用，还是天然无毒比较重要。她想起自己家里用的洗碗精，充斥着人工香精的劣质柠檬香气，忽然有些作呕。

洗完碗又在客厅内坐了一会儿，她终于有空打量屋内的家具与物件。尽管那些物品的布置方式和她从网上学来的几乎一模一样，但细节却暴露了两者的差距。她拿起一只好看的花瓶，问是哪里买的，王狄摸摸头，随口说道："好像是巴黎的某个跳蚤市场。"

在客厅内巡游一番后，王太太邀请她和苏宽去儿童房参观，据王狄说，别的房间他都以简单舒适为主，但儿童房他是花了大心思的。走到房间门口时，王狄忽然神神秘秘地说："你们先闭上眼。"

她顺从地闭上了眼。

"三，二，一，睁开眼吧！"

睁开眼时，她被满房间的星星骇了一跳，原来她苦苦追寻而不得的东西，人家早已种在了家里。她擦擦不小心溢出的眼泪，询问道："这是什么？"王狄说，这是一种进口星空夜光墙纸，用环保无纺布制作，没有甲醛，很安全。他很多挪威朋友家里都这么布置儿童房。晚上开一盏小夜灯，孩子躺在房间里，就好像躺在野外一般。

"真好啊……"她喃喃感叹道，"这个房子可真好。"

4

离开王宅后，她和苏宽在黑漆漆的岛上走了一圈，耳边只有轻微拂来的风，两人相对无言。苏宽知道她不太开心，但不知道从哪个角度切入安慰，弄巧成拙可不好。多年相处下来，他早已厌倦了撕心裂肺的争吵。

第二天早晨起来时，她脸上的泪痕早已风干，她把苏宽推醒说："我要去挪威。"去挪威干什么？苏宽翻了个身，脸朝向墙壁说："去北欧很花钱的，这里和北欧不是差不多吗？"

差不多？差很多。

她认为自己就是因为没有去过挪威，所以在见识上落了下风。打了一阵嘴仗后，苏宽节节败退，一边说着好好好，一边退回了自己的工作室。

按照平常的计划，她现在应该拿起一本书开始阅读，再过两个小时则要开始画画。前同事给她介绍了一个插画的工作，她前几天还在自喜，以为住在岛上靠兼职或许可以养活自己，但该工作时却全无灵感。想着想着，她又情不自禁地刷起了手机，这个时代给人最有效的逃避武器就是手机与网络。她在各种各样的新闻里神游了一会儿，终于意识到问题的症结——她必须马上下单星空壁纸。

她打开网站，输入"进口""星空壁纸"的关键词，蹦出来数十条链接。她一一比照挑选，终于买了最贵的那款，大的事情办不到，但小事情上绝对不能输，买个壁纸她还是买得起的。下了单，付了款，她还叮嘱卖家发快递次晨达，越快越好，她已经等不及了，既然看不到星星，就自己造。

苏宽前几天还开玩笑说她得了星盲症，一种视网膜疾病，别的物体都能清晰可视，唯独看不见星星。她还据此煞有介事地查了查，但是网上根本没有关于这种疾病的任何说法，唯一的条目是一部网络小说。那时她臭骂了苏宽一顿，他则笑着说，人活着是要有想象力的，虚构是一种伟大的力量。

夜晚，她照旧还是要出去走走，不过不再是为了寻觅星星，而是单纯的散步。有一个夜晚，她独自步行回来，忽然发现路灯坏了。起初她以为是小动物或鸟类破坏的，直到进入房间，被苏宽野兽般的咆哮吓坏后，才明白，是真的停电了。

停电，一个她自十六岁后就不再恐惧的名词。城市里光亮那么多，这里停电，那里还会有电，哪怕是燥热的夏日，也可以去酒店过一晚上。但现在，他们在岛上，哪儿也去不了，发动汽车离岛不是不可以，只是一不小心开进了湖里，事情就麻烦了。更坏的事情是，手机也没电了，她刚才一路散步，一路低头玩手机，现在手机的电量已经低于百分之十。而苏宽呢，他的手机倒是有电，不过也只有百分之五十，并且没有信号。没有照明条件，他也无法工作，这下两人彻底返回了原始状态。

他只有她，她也只有他。

黑暗里，坐在门边，能听到大风呼呼刮过的声音，她想起儿时看的电视剧《聊斋》，开头时，一个看不见脸的男人拎着一盏灯孤独走在山野间，也是同样的声音。

"我们回屋去吧，反正外头也看不见星星。"她和苏宽躲回了房间，黑暗里，能听到对方喘息的声音。过去住在城里的时候，他们那方面生活频次很低，也不是不和谐，只是琐事过多，工作过忙，每天下班回来早已失去做任何事情的兴致。况且，他们对彼此的身体也有些厌倦，因为过于熟悉而厌倦，摸着对方的手像摸着自己的手，一点儿惊喜也没有。

是苏宽主动发起了进攻，用舌头撬开她的嘴唇，两个人抱在一起，倒在地板上。一片黑暗中，看不见人脸，感官被放大，她想象对方是一个入侵的窃贼，她扭曲着，呻吟着，觉得自己变成了一条吐着芯子的蛇。不过她并非彻底的冷血动物，在需要热情的时候，她能全盘交出。

后来他们又去湖边做了一次。过去她不曾想过会玩"野战"，但这件事现在结结实实地发生了。她又想起前几天看新闻报道说日本年轻人已经开始无性生活，对异性提不起任何兴趣，她一度以为自己也逐渐变成了性冷淡。这夜被点燃前，她还以为自己已经成了一块石头，但没想到，石头里包裹的是火种。

是因为距离大自然太近，才被这种原始的力量俘获了吗？

第二天清晨醒来时，已经来电了，她打了个电话告知王狄说岛上供电系统可能有些问题，希望他尽快安排人来查看。王狄连连答应，但看样子不会立刻行动。她想起前几天又在新闻上看到王狄和某大型开发商合作建造住宅的新闻，只要他愿意，大概可以在世界任何地方建房子吧。

吃完早餐后，她打算出去散散步，问苏宽去不去。按照平时的调性，苏宽大概会摆摆手，拒绝，一头扎进银饰海洋中，但今天，一反常态，苏宽答应了她。兴许是昨日的热情尚未消退吧，他们居然有了刚刚认识时的兴奋劲头，一种对对方的在意感。

苏宽说，沿着岛，换个方向走吧，老走同一条路线太乏味，虽然可以最快抵达湖岸，但湖看久了也显得乏味，或许树林里有一些不一样的东西。这样想着，两个人调转方向，向西边走去，那里有一片树林，树林里还散落着红砖房，应是之前岛上居民留下的。这些年，这个地方的人都一再迁徙着，落后的岛屿就渐渐失去了人气。

她牵着他，慢慢走着，心里的忐忑感渐渐被风带走，闭上眼，能嗅到草木清香。走了一会儿，他们忽然在一棵大树下停了下来。

"这是什么？"

她把一根又粗又壮的麻绳从地上拾了起来，麻绳上还有一个环形的死扣，看起来像狗链似的。苏宽看见她在把玩那根绳子，立刻夺走朝草丛里甩去："不要乱拿这些，晦气。"苏宽告诉她，登岛之前，他查过资料，说这座无名岛屿有一个外号叫"自杀岛"，和日本的自杀森林类似。这里有整片茂密树林，遮天蔽日，又远离市区，放眼望过去，不是树林就是湖，适合隐藏尸体。

"你怎么不早点告诉我？"

"那个时候你已经做了这个决定了，但，现在我觉得瞒不下去了。"

她撇下苏宽，独自朝前跑去，但跑来跑去，一直被困在树林里。过去，她以湖为目标，沿着湖走，总是很容易回到岛中央的小屋里。可现在，湖泊仿佛被野兽吞下，而树林成了阻碍她前进的屏障。

苏宽跟着跑过来，抱住了她，告诉她，如果不愿意继续待下去，其实可以等租金到期就回市区。但苏宽又说他觉得这里的日子蛮不错的，而且房租便宜，环境好，适合创作，劝她考虑一下，再说这里还有其他几户人家在居住，虽然他们不常登岛，但不代表这里杳无人烟。

她是几个月后才逐渐忘却自杀森林的事的，但当下的那刻，如五雷轰顶，她差点发动汽车，一个人闯回市区。冷静下来的原因也并非控制住了情绪，而是另一件事迫使她选择留在这儿。

她怀孕了。

在岛上的第三个月零七天时，她通过验孕棒发现自己体内有一个新生命在酝酿，出岛去医院检查后，确认是真的有了身孕。自那日起，为了孩子的健康，她选择性屏蔽了"自杀"等词语。

一开始，她和苏宽并不打算留下这个孩子，时机还不成熟，他们连自己该如何成长都没有弄清楚。但已经来不及了，医生说以她的身体条件，不适宜堕胎，劝她想想办法留下这个生命，这或许是她最后的机会。夜里，她辗转反侧，思考如何应对，但转念一想，这或许是自然的旨意呢？要不然，为何在市区里居住时，她从来没怀上过孩子。

5

　　自那粒种子在她体内生根发芽后，生活发生了质的变化。她不再逼迫自己每日必须完成部分画作，也不强求自己每天要看上几页书，而是完完全全陷入了自由自在的状态，想吃就吃，想睡就睡，随意放纵，因为无论她做什么，都有一个借口——她有了孩子。

　　知晓她怀孕后，苏宽变得焦躁，他常整日整日闭门不出。每次她轻轻敲门，想窥视对方在做什么，得到的都是冰冷的回应："我忙着呢。"是啊，他忙着呢，他忙着挣孩子的口粮钱。

　　夜里，她辗转反侧，那种焦躁状态蔓延到了床榻之上。睡不着时，她总想找苏宽说说话，可每次说上两三句就会引发激烈争吵。争吵无果时，为不打扰她的情绪，苏宽会穿上衣服，推开门出去走走，她则独自待在房间内，望着窗外宁静的湖泊，胡思乱想。

　　有一次，她失眠了一整夜，苏宽也不知去向，她便潜入他的工作室，那里遍布金属味道，做到一半的银饰撒满地面，光线一照，亮堂堂的。她忽然想起之前看过的一篇台湾小说，名字叫《挂满星星的房间》，小说里写某频道曾播放过一个外国节目，主持人拿着一个可以照出精液遗留的灯具，在一家五星级酒店的房间里四处探照，结果各个角落都有精液残留，闪闪发光，就像房间里的点点繁星，无处不在。她知道男人多半都有自慰的习惯，那是自少年时代就学会的发泄方式。她在地上坐了下来，四处摸索着，想寻找苏宽留下的星星，但一无所获，摸着摸着，手倒是不听使唤爬到了自己的肚子上。怀孕以来，她越来越喜欢摸肚子，即使那里尚未隆起高峰，但在她的想象中，那里已经是一座城堡，城堡里住着小王子或小公主。

她摸着肚子，蜷缩在工作室地板上，感到前所未有的安心。那些金属味道忽然化作了安神的香气，将她催眠。

翌日清晨，醒来时她已回到卧室床上，而苏宽也回到了工作室里。她打开客厅门，头发被风拂起，她拨开遮住眼的乱发，朝湖边走去，发现湖边泊着一艘尚未完工的木船。船？苏宽做船干什么？湖对岸什么也没有，只有一处矮山，矮山上是一座叫七角亭的精神病院。

他想离开这儿？

几日之前，有个朋友来探望她，买了一些水果和营养品。对方在一家地产公司做策划，是业内人士，悄悄对她说，这块地已经被业内某知名开发商看中了，早就买了下来，那个王狄就是该开发商团队前期聘请的建筑师——他们的想法是先利用事件营销把这座荒岛炒热，再开发成度假景区。

还能在这儿住多久呢？她看着进岛的细长小路，意识到那路已经越来越短，像有只看不见的大手将这条路压缩，他们被一种莫名其妙的力量拉了回去。在这种恐慌下，她拨通了王狄的电话，质问他是否欺骗了她。对方说，并非欺骗，只是交易，如果你们住到一半，被迫搬走，开发商会付你们一大笔钱。你知道，对于开发商来说，几万几十万，都不是什么大数目。或许能作为你抚养孩子的一笔经费呢？

　　不是不动心的。她回去将此事告诉了苏宽，得来的却是黑脸。苏宽说，他已经没有后路了，他不想再回到那种状态之中，他想要自由。

　　自由，自由是什么，这世上存在绝对的自由吗？她讽刺了对方一番，然后翻出了工作室近日的订单说："你看看，你看看，你做上大半年也抵不上别人卖一套房子的佣金。"苏宽被激将到崩溃，又摔门离开了房间。

　　自那次争吵后，苏宽开始频繁失踪，他不再窝在工作室内敲敲打打，而是跑到湖边去造船，或者匿入树林之中。好几次，她悄悄跟踪他，想找到他的固定路线，可每次跟到一半就跟不上了，意识到继续下去自己也会转晕而迷路，只好放弃。

　　也不是没有和好的时候，只是如流星般短暂。有时候，苏宽会捡回来一些果实树枝和野花，用来布置客厅，他们还会假装像没有任何事一般轻快对谈。有一次,苏宽突然拿出一个绳结说,你知道这是什么吗?她摇摇头。苏宽继续说,在农村,这种绳结用来捆猪,就是猪越挣扎,这绳子就会捆得越紧。她笑笑说,那有点意思,可以用来捆人吗,感觉对付犯人挺好。苏宽的神情突然变得格外严肃——捆人?捆人,当然可以,感觉比捆猪还适合。苏宽接着说,小时候,在农村,偷情是见不得光的事,他有个邻居,某日发现老婆出去偷男人,就将奸夫淫妇一起捆了回来,结果两个人捆在一起,不停挣扎,居然因绳子的外力而搂抱得更紧。那个被戴绿帽子的男人气得要命,最后把奸夫的脑袋齐颈砍断,血溅了一地。

她从苏宽描述的血腥场景中挣脱,大骂对方为何要说这种故事给她听,如果吓到睡不着觉,对胎儿发育不利。苏宽连声说对不起,并抬手说立刻把绳子扔出去。

苏宽出门后,将她独自留在了房间内,她摸摸腹内胎儿,感觉孩子正在踢她。她走到角落处,打开音响,放了一段舒缓的轻音乐,胎儿便渐渐平静下来。她扬起脸,看了一眼挂钟,钟上显示苏宽已经离开了足足半个钟头。

他近来总是这样不告而别,这种方式让她重返儿时的灾难记忆——那个面目模糊的母亲,经常和不同男人在舞厅内厮混的母亲,总是突然闯进家门,对她一阵臭骂,骂完后摔门而出,不知所终。记忆中，母亲不在家时比在家时多得多，总是父亲忙前忙后做饭、做家务、为她梳头发，长大些后，她开始为父亲分担家务，日子总算凑合能混下去。就在她以为母亲会永不归家时，忽然传来了母亲的死讯——尸体被发现在大桥下，是涨潮时冲上来的，死亡原因不明，也不知道是被谋杀或者选择了自杀。去领尸体时，父亲把她留在奶奶家，没有带她去，她一个人躲在房间内，哭了一个下午。

又等了三个钟头，她决定去外面寻找苏宽，但绕岛一周，一无所获，那艘船还泊在湖边，但已成了残骸。数天前，岛上下了暴雨，暴风雨中，船解体了，等苏宽重新返回船边时，能拾起的只有破木板，像是远航的水手遭逢大难，随行人皆死亡，唯有他独自靠着浮起的木板返回大地。走了一阵后，肚子忽然痛了起来，前面是王狄的家，那里亮着灯，无奈之下，她敲响了王狄的门。

"可以带我去医院吗？我肚子有些痛。"

王狄立刻将她让进家门，让她等等，他马上去取车，带她回市区的医院。等了一会儿，她坐上了那辆凯迪拉克，王狄做司机。

她从来没想过会以这种方式离开这座岛，不知道是那个孩子在不顾一切地飞奔向安全地带，还是她对这种充斥着不安感的生活早已倦息。坐在王狄的车上，她透过敞开的玻璃窗，看了一眼天空，今夜依旧看不到任何星星。

抵达医院后，她像抵达了母亲的子宫，重新获得了安全感。一系列检查后，医生说并无大碍，只需要情绪稳定，多加休息。医生说完后，又顿了顿继续说，不过需要注意的是婴儿有脐带绕颈，但这属于常见问题，保持观察就好，不用多虑。

在医生的建议下，她决定夜晚宿在医院内。众人离开后，她一个人躺在单人病房里，拿出手机，搜索"脐带绕颈"，只见网页上有人回答说："脐带缠绕是脐带异常的一种，以缠绕胎儿颈部最为常见，另一种不完全绕颈者，俗称脐带搭颈，还有缠绕躯干及肢体的。"

缠绕？

她突然发现褪下来的连衣裙腰带消失不见了。是在来的路上弄丢的吗？过去好几次，苏宽和她开玩笑说，肚子越来越大，用不上这条腰带了，可她每次都要把带子从对方手里抢回去。这一次，那条带子去了哪里呢？

她的思绪被那根连衣裙带子拽得越来越远，最后终于支离破碎，被睡眠俘虏。

梦中，她赤脚穿行在岛上，喊着苏宽的名字，但回应她的却是草丛里小兽乱窜摩擦草叶的声音。她随着又窄又长的小路，来到了那棵巨大的古树下。那里，苏宽正背对她站着。她看得出来，那就是她要找的人。

"苏宽？"

对方转过身来，脸色青紫，嘴唇发乌。在他脖子上，淡蓝色的连衣裙飘带正随风飘摇。

"你找到星星了吗？"她问。

"找到了。"苏宽笑了笑说，"在地上，已经全部碎掉了。"

送你一颗陨石

"喂，我们去芬兰看极光吧。"

妻子在黑暗中呵出这一句，令他神经再次紧绷。

"乘坐国际航班抵达芬兰首都赫尔辛基，在享受完晚宴后，登上前往北部的 VR 极地列车，列车抵达后入住冰雪城堡，第二天清晨出发前往破冰船，开始为期四小时的破冰之旅，同时可以穿上'龙虾装'尝试冰海浮潜。抵达目的地即世界最佳极光观测点后，可以入住特色新型半玻璃屋，如果愿意的话，夜晚还可以坐雪地摩托寻找极光……"

妻子念完后，他偷看了一眼价格，一人是两万五，两人就是五万，这大概是一年的房贷钱。他们去年在家乡购入房产，他出了十万，父母出了十万，其余贷款，眼下他每月都要拿出钱还贷，负担不轻。

"去芬兰就一定能看到极光吗？我听说看极光要靠运气。"

"现在再不看，以后就没机会看了。"妻子翻转身，点开手机播放器，熟悉的旋律流淌而出……

期待着一个幸运和一个冲击

多么奇妙的际遇

翻越过前面山顶和层层白云

绿光在哪里

触电般不可思议，像一个奇迹

划过我的生命里

不同于任何意义，你就是绿光

如此的唯一

初听这首歌时，他还在念初中，那时并未勘破日后生活的沉重，他购买女歌星所有磁带，幻想着自己未来也能交上好运。在北欧传说中，绿光就是芬兰语"狐之火"的意思，当极光在芬兰北方天空骤现时，只要许愿，愿望就一定能实现。

他后来终于明白，世界上大多数传说都是假的，对流星许愿、对菩萨许愿、对北极光许愿、对钱币池许愿……对象不同、本质相同，都是希望在苦难人生中寻觅到一种逃离的可能。然而这么多年实战败绩累积，令他逐渐看穿真相——与其说这是一种美好愿望，不如说是用美好愿望进行商业包装。在多年从业经历中，他频繁与情感营销、体验营销等术语打交道，早已明白大部分引起大众情感共鸣的把戏都是人造的。极光也是，通过包装极光，实现营销旅游的目的，仅此而已。但妻子不知道，她还在随着女歌手的声音哼唱："触电般不可思议，像一个奇迹，划过我的生命里，不同于任何意义，你就是绿光，如此的唯一……"

实际上，比起去芬兰看极光，他更想去寻找陨石。前几日，他看到一条消息，说是北京时间凌晨四点左右，一颗疑似小行星在北京以北约二百五十公里的内蒙古锡林郭勒上空爆炸。专家称，这可能是上世纪五十年代后第二大的陨石事件。这颗火流星相当珍贵，"陨石猎人"已经出动，所有人都想分一杯羹。

为什么不去找陨石呢？找陨石还能换来钱。看极光能看出什么花来？

他不知道什么时候商业逻辑已经完全覆盖了他的大脑，或许是四年前，也可能是五年前。总之，他每走一步都意识到钱的重要性，头顶天花板深深逼视着他，但只要有足够财力，他还是可以稍稍掀开天花板的铁皮，哪怕就撬开那么一丁点儿呢。

这些年，他也思考过发财的手段，但一一失败——尝试和友人一起做淘宝，因为不清楚那些花哨规则，没有做出爆款，让几万块钱打了水漂；跟着别人一起起哄做自媒体，对方通过写鸡汤励志故事或股市楼市成了流量网红，而他写的那些东西没有换来任何实际收入……这当然都要怪他自己，他甚至开始用古老的中式思维解释一切——命里有时终须有，命里无时莫强求。

但他又有什么别的办法呢？

对着极光许愿就能解决问题吗？

眼下当务之急是把妻子敷衍过去。他突然想起前几天在朋友圈看到的消息，说是看极光不必取道芬兰，去漠河也可以。漠河隶属于大兴安岭，东临塔河，西接额尔古纳市，北至黑龙江，与俄罗斯隔江相望。每年冬至前后，漠河昼短夜长，白天仅七个小时，每年夏至、冬至前后，都有数不清的游客来到漠河，欣赏北极光。

"去漠河吧，去漠河也能看到极光，而且万一看不到，也不心疼钱。"他拍了拍妻的肩膀说，"我们先去漠河看看吧，听说那里也很好玩。"妻背对着他，蜷缩成虾状，半天没有说话。他知道她心里想什么，这么多年过去，他们在这座巨型都市见惯了太多高级的、低级的、各种各样新颖的生活方式，妻子心里已经有了一套所谓的美好生活模板。去芬兰是梦想，去漠河是现实，人在这种梦想不得、屈从现实的状态里，自然一句话也不想讲。

可他只能去漠河，他只有去漠河的钱。

去漠河有两大路线，一是走航空，飞机经哈尔滨或加格达奇抵达漠河；第二种是走陆地，也需中转，转乘方式有近十种。这两条路线时长不同，但有一个地理位置一致，那就是加格达奇。"加格达奇"是鄂伦春语，意为樟子松生长之地，几十年前，只有鄂伦春族猎民和少数俄罗斯族人在此游猎，但传说这里有一种火陨石，在国外的陨石黑市上标价极高。他想到这里，不免心痒，遂拿出地图，告诉妻子加格达奇是个好地方。

"你以为我还是大学生呢？还需要去这种鸟不拉屎的地方寻找新鲜感？"妻子生气之下夺过电脑鼠标，直接将北京转哈尔滨飞漠河的机票加入购物车。他脸庞发烫，想起了十年前的一个夜晚，他在绿皮火车上与妻子相识，二人结伴而行，一路吃了不少苦头——被野导游骗钱、买不起返程车票……种种磨难并没有隔开他们的距离，反而让两个年轻的灵魂越靠越近。

电视剧里说，年轻时受苦是一种美德，年老的贫穷则会让人丧失生活尊严。妻子或许已将这些肥皂剧里的烂话全部记入心底。他无法阻挡这种趋势，更深知自己也在被庞大信息流所改变——每天、每小时、每分钟、每秒，总有个声音在高喊着前进、前进、前进，仿佛退后一步就是万丈深渊。

哈尔滨就哈尔滨吧。

飞机起飞前，他收到前同事发来的信息："你到加格达奇了吗？"空姐欠身对他微笑说："请系好安全带，关闭手机。"他关掉手机，把自己塞进了安全带里。妻子侧过脸庞问是谁发来的信息，他摇摇头说没事，工作问题，下飞机再处理。

他当然不能将真相和盘托出，早在几个月前，他就和这位前同事联系上了。对方是业内知名的陨石猎人，两人虽在职场相识，但脾气相投，业余一起研究游戏和手办。谈到赚钱时，对方突然问他有没有兴趣去一起找陨石，他才知道，世上原来还有这种爱好与工作。

从那时起，他心里就有个念头如火种一样冒起了苗，但他很快明白，这种事不能告诉妻子，她会如临大敌。他只能把小心思往心里深处的洞穴塞，塞满，塞到有一天山洪暴发，而在此之前，一切秘而不宣，他只能在这种隐秘处不断酿造伟大，以此来抵消平凡生活对他这块石头的磨损。

"乘客您好，飞机遇到气流，将有强烈颠簸，洗手间关闭，请各位乘客收起小桌板，不要随意移动。"

飞机果然开始动荡速降，妻子本能抓住了他的手腕，在那刻，他们产生了一丁点儿生死相依的错觉。但很快，飞机又恢复了平衡，并进入稳定气层，周围乘客开始吃零食、喝饮料、聊天或看报，他也把电脑打开，准备用电影打发冗长的乘机时光。

从哈尔滨转机到漠河，一路上的事他很快淡忘，只记得进入北极村时，沿途银装素裹。他们入住在一个所谓的大酒店内，整个酒店已经被慕名前来的游客挤满了。按照旅游网站上的指示，漠河主要景点是白桦林、龙江第一湾、乌苏里浅滩、北红村，因为人生地不熟，且需要一段穿越原始森林的旅程，他们还是报了一个当地的旅行团。

导游姓陈，方脸，年纪五十岁上下，见到他们便很热情地上来寒暄，问从哪儿来，来漠河想玩什么。他也热络应和，说从北京来，来漠河旅游主要是看极光。老陈说，看极光？他瞥了眼妻子说，对，看极光。老陈又继续寒暄说来这里看极光的游客很多，尤其是夏至冬至时，到处都是人，现在漠河广告也打出去了，说这里是中国小芬兰。顿了一会儿，老陈又说，你看这儿像芬兰吗？

他放眼望去，除皑皑白雪外，到处都是山寨建筑，和其他旅游景点没什么两样。他没去过芬兰，不知道芬兰什么模样，但料想不会有这么多奇怪的中国字和西式建筑充满违和感地垒在一起，而妻子早已意兴阑珊。见此情景，他立刻和老陈说："陈师傅，明早来接我们吧，今天我们先休息了。"

"行，保存体力，明天好好玩，欢迎你们来漠河。"老陈用粗糙大手使劲捏了他手掌几下，他这才意识到到漠河了。风割在脸上生疼，雪也格外白，显得人眼睛脏。他揉了揉被白光刺激的眼睛，示意妻子回酒店休息。

　　翌日早晨八点，老陈把车停在酒店门口，见他下来，嘟嘟按了两下喇叭。他笑了，说陈师傅好，老陈点点头，示意他们坐后座上。老陈开的是一辆五人座轿车，他探身进去，发现没有其他游客，遂问："今天就我们几个人吗？"老陈笑眯眯地说："是啊，人多了不好玩，容易引起分歧，就带你们两个。"妻子兴奋地捏了捏他衣角说："人少好，我最讨厌和别人一起玩。"

　　按照旅游行程推荐，他们要去李金镛祠堂、观音山、火灾纪念馆、松苑公园、北极星广场，这一大串名字排列下来让他顿感此地旅游业之狡诈。过去，他曾为一个县级旅游景点做过策划包装，那里什么也没有，只有一块大石头，他利用大石头包装了一个名为"天外飞石"的神话故事，并由此建立了一系列公园、神话纪念馆等山寨场所。这件事让他意识到，在这片土地上，大部分景点是人造的，大部分并非人造的景点早已在时间中倒塌。

　　"陈师傅，有没有别的更好玩的地方？我们就想看下极光，其他随意。我听说可以横穿原始森林，您知道怎么走吗？"

话音未落，陈师傅摆摆手说："不能从森林里走，路太窄，到处都是树刺，会把车刮花。你们要是想玩，乌苏里浅滩和北红村也可以看看，不是很多年轻人特意到最北端去'找北'吗？"

"那行，那就去'找北'吧！"

陈师傅点点头，调转车头，朝另一个方向进发。沿途，车载播放器里放出各种早已不流行的流行歌曲，瞬间把人拉回上世纪八九十年代。听了一会儿，妻子有点不耐地问："就没别的歌了吗？"陈师傅笑笑说："你想听什么歌呢？我这里歌多的是。"

"有孙燕姿的吗？就那首《绿光》。"

"《绿光》？孙燕姿的歌我听过，但没听过这首。"

陈师傅开始放孙燕姿的歌，他一路听下去，从《天黑黑》到《眼泪成诗》都有，就是没有《绿光》，妻子的脸色开始变得难看，甚至小声嘀咕："我早说应该去芬兰了吧。"

车很快抵达最北那块石碑，陈师傅把车靠在路边说："你们去玩吧。"他问陈师傅为什么不下车，陈师傅说来这里的小年轻都喜欢玩"北、极、光"，也就是来到最冷的这块地上，就地脱光拍照，其中也不乏女性。陈师傅说既然来了，玩点猛的，也无伤大雅，他看见陈师傅意味深长的笑容，忽然觉得整件事就是自己制造的一个错误。

妻子穿着厚靴在雪地里来回踏步，他也走下车，在石碑附近绕了一圈。这里什么也没有，只有游客留下的各种"到此一游"的痕迹，但那些在雪里写下的字迹很快又被新雪覆盖，他终于意识到，这就是漠河的好处，因为下雪时间长，所以到处都看起来格外干净。

"那我们什么时候去看极光呢？"妻子再次重复道，"我来这里就是为了看极光的。"

他有点不耐烦了，他又不是魔法师，能呵出一口气就变出兔子，拿起魔法杖就制造极光，他只是一个渺小而平凡的普通男性而已。有很多时候，人类需要的浪漫需要靠钱制造，没有钱的浪漫里总暗藏心酸，这已经不是"山楂树"的纯真年代了。

"极光是只能等，不能求的，你得等。"他抑制不住言语中的怒火。现代人总是过于心急，希望世界上所有起点与终点之间都是一条不用迂回的直线，但往往事与愿违。他当然知道去芬兰看到极光的概率要远大于漠河，但他只能做出这种选择。

"你老实说，你是不是在骗我？漠河这里是不是根本看不到极光？你为什么总是一而再，再而三地骗我呢？你说想移民，结果转身就在老家买了房子。"

"我能怎么办呢？"

如果不是没钱，他也不会一再选择这种退而求其次的活法。许多人告诉他，做人不能要求太高，在二线城市生活，老婆孩子热炕头，平凡一生也未尝不可。在一线城市也没多少好处，拥挤、空气差、压力大。至于移民，要面对的风险更是无法估量。

导游老陈见二人吵得不可开交，立刻过来圆场，说天黑之后，极光出现的概率极大，尤其是近几天，不用焦虑，等入夜就有美景看，现在不妨在北红村附近转转，体验一下民俗风情。两人见一个外人介入，不便继续争吵，以免有失脸面。三人遂在北红村找了家餐馆，坐下来，吃吃喝喝，聊聊天。

饭后，他和导游老陈开始聊天，但没有喝酒，因为接下来老陈还要开车。妻子终于舒展眉头，说出去转转。于是他有了和老陈单独聊天的机会，老陈倒也开朗，问什么答什么，两人一路从漠河聊到了大兴安岭。

原来，老陈以前是大兴安岭的守林人。一九八七年，大兴安岭火灾，受灾面积达一万七千平方千米，五万多人历经二十八个昼夜才把火扑灭。从那之后，防火措施越来越严格，从大兴安岭到漠河，沿途每隔一段路都有守林员，守林员都是当地村民，每日工作就是在自己负责的路段内来回巡走。这种日子很寂寞，平时唯一的消遣就是听歌。有的人是夫妻两个一起守林，还能做伴，但要是一个人，就格外孤单。

老陈闷了一口可乐又继续说："我要是有家有室的人也不会去干这个，之前我老婆和孩子得病去世了，就我孤家寡人一个，不做守林员也干不了别的，这几年才托人找关系成了导游。干导游好，还能找到人说点话，守林呢，就只能对着树说话。"

水足饭饱后，老陈话匣子打开了，开始劝他不要和老婆吵架。老陈讲："人活着的时候总觉得对方千不好万不好，但死了就会后悔，后悔她活着的时候对她不够好。我是个粗人，没念过什么书，但道理大概是这样的，你听我一句劝，能依着她，就依着她一点儿，现在大家生活都好了，有什么坎过不去呢？"

有什么坎过不去呢？

明明不愁吃、不愁喝、不愁穿，也不愁房子、不愁车子，所有的问题都能解决，只是无法抵达心中想要的那个目的地而已，到底为什么会走到今天这个地步？

"您到过加格达奇吗？"他话锋一转终于将话题掰回他预想的轨道。老陈点点头说："加格达奇，去过呢，那儿有什么特别吗？"他将加格达奇火陨石的事复述了一遍，老陈听完，略微沉吟道："我倒是也听说过，但没见过，加格达奇离这儿还有点距离呢。"

他当然想撇下妻子独自上路，人生中充满了这种渴望自由的瞬间，他也曾无数次怀疑过婚姻的意义，究竟为何要把枷锁一层层套在自己本就沉重的肉身上。结婚一次，生养孩子一次，从此他再也无法潇洒地独自上路，每一次偏离正常轨道都是对家庭的不负责，甚至是背叛。

"你想要去找陨石，你老婆想去看极光，你们这样下去不行啊。"老陈顿了顿说，"这就像你去旅游，在路上认识了一个特别聊得来的人，你以为对方和自己目的地相同，于是结伴而行，但走了许多年后，你发现错了，你们两个人目的地根本不同，必须分道扬镳，也不是你错或者他错的问题，只是当初的结伴而行就是误会。"

"那陈叔，你觉得有什么解决办法吗？"

"能有什么解决办法，又不能散伙，要么你把她说服，要么她把你说服，但一般都是男的听女的的话，毕竟你是一个大老爷们，大老爷们得让着女孩。"

事实上，在少年时代，他并没有养成退让的习惯，倒是父母的一再压制让他将自我隐匿在一个黑匣子里。他越是想将自我沉入海底，那自我越是跳出来告诉他，他要尊重自己的意见和决定。

"走吧。"老陈站起来说，"咱们还得去不少地方。"这时妻子也从门外走进来，脸冻得发红，有一种少女式的可爱。他心绪稍稍缓和，但内心抑制不住酝酿起一个新的计划——等旅程结束，他就独自前往加格达奇，让妻子自己坐飞机回北京。

在此之前，他要哄好她，要做到滴水不漏。

三人重新上路，依旧是老陈开车，他和妻子坐在后头。两个人不知怎的，中间永远隔着一条狭窄缝隙，然而沿途颠簸又总是让两人碰撞到一起。他们在这种要么隔开，要么碰撞的过程中，痛苦地坐了一路，终于抵达了下一个目的地。

　　这是一处天然景点，白雪覆盖在山林之上，湖泊安静地躺在大地怀抱中。他能一眼辨出人造与天然的区别，受所谓中产生活教义蛊惑，他在生活中有意远离人造色素、人工添加剂等。要么不喝奶茶，要喝奶茶也绝不喝街头小贩用植脂末做成的劣质饮料；如果去菜场，他会对标注"有机"二字的食材青睐有加；至于穿衣服，他能很敏锐地注意到聚酯纤维与天然丝麻、纯棉、羊毛的区别。

　　一切感觉都不错，除了没看到极光。

　　在其他景点游玩一遍后，他们终于踏上返回酒店的路。天处在将暗未暗的边缘，老陈一边开车一边安慰他的妻子道："等等吧，我开慢点，说不定咱们在路上能看到极光。"

　　他早就不期待了，不期待看到什么极光。据说从一九五七年漠河气象站建立以来，五十多年中只出现了十八次极光，另有三十多年没有出现北极光，且不是每月出现，出现最多的年份是一九八九年，共八次。一切全凭运气。他低下头，开始看手机上的小说，妻子仍旧把脸朝向窗外，他知道，她还在期待着什么，而他早已不期待了，唯一能让他重燃希望的，是陨石。

"喂喂喂！快看！"

妻子拼命摇他的肩膀，老陈也将车停了下来，他随妻子走出车，远处天幕上，绿色极光正照亮黑夜。竟然真的有极光？他被冰封的面容也稍微融化了一些，大自然鬼斧神工的力量总能在瞬间震慑人心。

在那个能观测到极光的地点站了有一个多小时后，他和妻子终于耐不住冻，返回了酒店。妻子先他一步回到房间，而他则在酒店里叫住了老陈，说抽根烟，聊聊天。老陈也欣然应允，两个人并排坐着，开始聊天，实际上，他只想问问，到底怎么去加格达奇比较好。

"你怎么还想着那个地方呢？刚才不是看到极光了吗？我看你也挺开心的。"

他摇摇头说那只是为了满足妻子需要，就像逛街、去游乐场或某些他不愿出席的场合，其根本都是陪伴性质，并非他自己主动。说了一会儿，他突然抬起头，目光逼视老陈道："陈师傅，刚才那个极光不会是假的吧？"

老陈拿烟的手轻微抖动了一下，但还是没有出现任何差池。老陈吸了一口烟说："这要看你怎么看待这个问题，我以前有个邻居，在漠河气象站工作了一辈子，他说他根本没见过极光。

当然，我守林的那几年也没见过。但是吧，这几年总有人建一些超级大的聚光灯，我不知道他们建那玩意是干吗的。我小时候这里还挺清冷，但现在他们叫这里极光之都，你说这里到底有没有极光，又有什么关系。"

"你老婆达到了目的，很多人都达到了目的，这就够了。咱们抽抽烟，说说话，也挺好。"

他靠着椅子吸完最后一口烟，突然放肆地笑了，说："陈师傅，你真是个实在人。"老陈拍拍屁股站起来说："对吧，他们都说我是个实在人。"两人抽完烟，说了声再见，终于在酒店走廊口告别。在酒店走廊徘徊时，他听到许多人在议论极光一事，从五湖四海赶来的人都称自己是幸运儿，竟然看到了十年难遇的天文景象，而他默默把烟头掐灭在烟缸里，让早已熄灭的心随烟头一样，冰冷、化成灰烬。

夜里，等妻子躺下后，他开始酝酿写一张字条，告诉妻子他要去加格达奇。他想，要先联系好前同事，两个人在那里会合。

"你还在加格达奇吗？"

"我不在那儿，我在北京，你回北京后来常营找我吧。"

看到这句话，他将写到一半的信撕成碎片扔进垃圾桶中。妻子已经完成心愿，而他的心愿则是去加格达奇，能不能找到陨石没关系，他只是想找到一条属于自己的路，这条路最好还能赚钱，还能保他衣食无忧。可现在，梦破灭了，朋友回北京了，他的寻找陨石计划彻底破产。

漠河夜已深，室外温度仅零下二十度，但室内竟有一种反差极大的灼热感。妻子突然如蛇一样缠上来舔舐他的脖颈："怎么还不睡？还失眠吗？"他将梦想未竟的怒焰全部撒在妻子身上，她倒觉得今日的他格外热烈，她以为都是极光的作用。据说极光是地球周围产生的大规模放电过程，来自太阳的带电粒子到达地球附近，地球磁场迫使其中一部分集中到南北两极，当这些粒子进入极地高层大气时，便与大气中的原子分子碰撞在一起，激发光芒，产生极光。

第二天早晨醒来后，妻子拿着热牛奶站在床边问他喝不喝，他摇摇头，妻子笑着说："昨天晚上我看到了两次极光。"

"不是只有一次吗？"

"不是，有两次，一次是天上的，一次是你给我的。"

他突然有点想发笑，事实上，这两次极光全是人造的，第一次是假的，由奸商故意为之，第二次也是假的，纯属妻子的错觉。但他不忍心揭穿真相，世上大多数人总要靠自我欺骗混完一辈子，这也是一种生活方式。

回到北京后，生活很快陷入旧有秩序，只是和妻子的争吵次数明显减少，那束极光的威力一直持续了近一个月不散。真实琐碎的生活将人磨成残片，唯有假性心理安慰如救命药丸，一直维系着生命。

他也需要找到他的药丸，他的失眠还是没能治愈。

终于逮到一个不忙的周末，他和妻子说要去找同事玩桌游，实际上是去找那位做"陨石猎人"的前同事。一路上，他心怀忐忑，甚至忐忑到地铁坐过站，他坐车坐到了潞城，但最终还是又坐回了常营。

常营，常赢，这名字真好。

北京扩建之后，原先比较荒凉的土地都覆盖了新的高层建筑，常营这块也不例外。下地铁后沿街步行，到处都是商场与簇新的居民楼，他找到其中一座，撞了进去，在那栋建筑物的十一层，他的前同事正在酝酿有关陨石的一切事情。

对方很快将他让进屋里，他坐在沙发上抬头张望，这个家犹如异星洞穴，墙壁上缀满了花色形状各异的陨石。他好像做了一个梦，梦里，外星人乘飞船来到地球，将陨石留在地上，将他带到了外太空。

"没想到你这么快就从加格达奇回来了。"他喝了口可乐，突然发现前同事点开了歌曲库，一段熟悉无比的旋律流淌出来："触电般不可思议，像一个奇迹，划过我的生命里……"

前同事拿着咖啡杯，陶醉地听了会儿歌说："我没去加格达奇啊，我是以为你在那里。"

"你不是去那边寻找陨石吗？"

"寻找？不用找啊，我这里都是。"

他紧皱眉头，迷惑不解。前同事歪着脑袋指了指书房方向说："跟我来吧。"他尾随他进入了另一个新的洞穴。书桌上，一块巨大石头压在桌板上，周围布满了刀、锤、斧等操作工具。前同事笑笑，将来龙去脉交代了一遍。

原来他是觉得当陨石猎人耗时耗力不赚钱，于是想转型为商人，即自己造陨石，再运送到陨石产地，在当地雇人，将假陨石埋在地下，然后再当面挖出，卖个好价钱，如此完成一个完善的商业链条。而问他在不在加格达奇，不过是想把陨石先邮过去，让他代为接收。

"所以，这些都是人造的对吗？"

他突然发现自己的人生就是一个彻头彻尾的笑话，带着美好爱情信念结婚，婚姻是假的；带着妻子寻找极光，极光是假的；带着信念寻找陨石，结果陨石也是假的。

到底什么是真的呢？

Green light I'm searching for you

Always 不会却步

真爱不会结束

Green light in my life

　　音响里的《绿光》播放到高潮处，前同事脸上也绽开了花，他跟着孙燕姿的声音哼唱起来："Green light I'm searching for you，always 不会却步……"唱了一会儿，前同事突然"啪"一声关掉了音响，操起锤子对着他所在方向说："哪来那么多陨石，都他妈是人造的。"

　　他看见前同事的脸渐渐化为一块锐利陨石，用边缘火花，将大地灼开一个永远无法愈合的伤口，那伤口也长在他心里，并将永远生长下去。

消失在麦理浩径

　　一年来，妻频频提及麦理浩径，说那是一条闻名世界的行山径，以港督麦理浩的名字命名，原为英军野外训练之所，后改建为郊野公园，沿途可见苍山、大海、碧树，是难得一见的世外桃源。

　　无所谓，去哪里都无所谓。近一年来，他和妻积极备孕，吃过药，看过医生，查过精子数量与卵巢环境，但均不见效。身边朋友纷纷产子，有的已三年抱俩，而他们如同班上的后进生，只能默坐在教室最后一排，等待老师点名。

　　妻不堪折磨，鬓边已染白发，于是他建议，趁年假出去旅游一次。有友人曾在他耳边低语："有时候不中呢，可能是因为情绪过于紧张，你们可以出去旅游试试，我那个孩子就是在邮轮游中意外有的。"

一开始想的是海岛游，芭提雅或马尔代夫都好，但正准备订机票时，传来船只失事游客五死十伤的惨痛新闻，他立刻打消这个念头，又问妻，去土耳其如何，伊斯坦布尔风景宜人，卡帕多奇亚还能坐彩色热气球。妻眼中有迷离颜色，但很快浓转淡，她低声说："热气球也很危险，有远方亲戚的朋友坐热气球，全家罹难。"

看起来哪条路都可以走，看起来哪条路都不能走。

二十岁出头时，他曾想过去澳门塔蹦极，希望在失重过程中悟出什么人生真谛，但琐碎生活将他推离跳台，终于到了三十岁的节骨眼，他还没有站上过跳台，也丧失了站上去的勇气。给他选的话，他宁愿头戴米奇发箍，和一群十岁小女孩坐在旋转木马上，安稳绕上几圈。

他答应了去麦理浩径的请求。

徒步的话，大抵不会出现任何危险，顶多要预防中暑或饥饿，这方面容易解决。妻见他点头，特意从手机里调出一张照片，指给他看："你看，这里是浪茄湾，美吧。"那照片的确有种骇人之美，蔚蓝大海如猫咪瞳孔，格外诱人。

决定行程后，他立刻购买了去香港的机票，并将酒店订在了尖沙咀附近。在整个旅游计划中，麦理浩径只是其中一步，如同棋局中数十颗棋子的其中一颗，而其他时间他希望能够在闹市区走走，就当重返热恋也好。刚结婚时，他们出国度蜜月，曾在香港转机。那一夜，他们住在尖沙咀，趁着夜色漫步维多利亚港，所有璀璨灯光倒映在妻眼中，好像装满了远航船只。那时他十分笃定他们会有一个光明的未来，但不消几年，那些船只统统被迫返航，他在妻眼中时常看到那种灾后难民才有的神情——绝望、恐惧、不安。

抵港后翌日，清晨用餐完毕后，他们即踏上去西贡的旅程，从中环到西贡，坐港铁即可，然后在钻石山附近转大巴驶入西贡区域。他在地图上查到，钻石山附近是黄大仙庙，于是他推了推妻说："我们要不要去拜一下？"

"算了，别去了，耽误行程，再说拜这么多有用吗？黄大仙真的灵吗？"妻没有兴趣，他也止住了嘴。近一年来，无论周末还是出差，只要有空，他们就将时间浪掷在庙宇与医院里，静安寺龙华寺灵隐寺普陀寺，能去的都去过，而事实证明，无论是佛祖还是观音，并没有谁真正听取他们的请求。

他们坐在双层巴士第二层第一排，无敌 view。从钻石山到西贡这条路，仿如驶进荒山野岭，沿途人迹罕至，好几次，他都想到九十年代香港恐怖片中的分尸现场。他用微微出汗的手捏住妻纤细小手，好像握住了一块冰冷的玉，妻侧过头，望着窗外，被风扬起的发丝粘到了她干涸的嘴唇上。

他说："我们真的要去麦理浩径吗？"

妻点点头，笃定如女阿sir。他默不作声，掏出了手机，心想西贡到底是个什么鬼地方，怎么和越南地名重合。在网页资料中，他发现，并没有人对越南西贡和香港西贡的区别做出详细解释，但据说在西贡一带，流散着诸多越南船民，他们乘船而来，赖在香港不走，极大影响了香港经济与民生。一九八九年时，在西贡设立了万宜羁留中心，由长形铁皮营房组成，约七千名越南难民羁留。

阳光刺眼，逼他关掉手机，透过屏幕反光，他看到一个胡须未剃、睡眼蒙眬的男人。小时候，他因个矮肤黑，常被邻居们讥笑为难民，长大后，他拼命锻炼，吃各种食物，试图修炼成一个白胖子，但一一失败，这么多年过去，他还是矮小精瘦，坐着时，形似某种野生猿类。

双层巴士绕过风景荒芜的山路，走了约莫半个钟头后，终于抵达西贡。他挽着妻的手下车，扑面而来的海腥味将他拍打在地。攻略中有人建议，抵达西贡后可饱尝海鲜美味，下午再出发前往麦理浩径，于是他指着对街一家海鲜酒家问妻："要不，先吃个中午饭？"

妻摇头，耳环如拨浪鼓穗，在空中摇摆，形成一道帘幕。近一年来，妻寡言易怒，完全不复热恋时的温柔体贴，这让他产生网购上当的错觉。和许多人一样，还未闹清婚姻真实面目，就坐上贼船，而海上大风大浪，返航不易。在外人看来，他是船长，是舵手，是不能率先弃船逃跑的人，而妻是乘客，即使触礁，也要船长先想办法。

在西贡码头徘徊一阵后，他打算去寻攻略中所说的巴士，但在巴士站绕了两圈，一无所获。真正的旅程永远比攻略中写的难。他命妻留在星巴克休息，自己则独自开始找路。西贡虽小，但五脏皆全——超市、便利店、茶餐厅、潮汕菜馆、星巴克、麦当劳、雪糕车……可就是没有他要找的那辆小巴。正欲放弃时，他突然看到一辆红车的士划过眼前，如海上突然出现的搜救艇，他立刻觉得刚才的一切像拙劣魔术，坐的士去就好了嘛，攻略里为什么都写小巴？他把纸质攻略扔进身边的垃圾箱，跳上了的士。

"去哪里？"

"去麦理浩径！"

"哗，麦理浩径啊！"

司机特意在"径"字上拖长尾音，"jing"在粤语中发音奇特，仿佛牙齿舌头全部卷在一起掀起的冲击波，过去他常在港片里看到手夹雪茄的大佬们讲："好劲啊，好劲啊！"好劲即好厉害之意，这词让人浮想联翩。几年前的一次单身 party 上，一外地友人神秘地递给他一颗药丸，用衔着酒气的语调说："试试，吃过会很有劲。"

上路后，司机一路风驰电掣，车轮不停，话语不歇，一路都在自言自语，是一种比港普更难辨明的古怪发音。他竖起耳朵，仔细聆听，才知晓一二，原来这位司机小时住在麦理浩径里头，出来不易，要走几天几夜，如果中途遇到不测，则会葬身海腹。

"我真是不懂，麦理浩径有什么好玩的吗？还不就是山和海，哪里没有山和海。"他点头，尴尬笑，妻双眸紧闭，似在假寐。他不敢拂逆司机的话，因为路途险阻，他们的生死全系在司机手中的方向盘上，于是任司机讲什么，他都拼命点头。

窗外风景不可以说不美，而与美相对应的是数不清的盘山公路与发卡弯，中途好几次，他都以为要连人带车坠下山崖，但好在司机一个方向盘打过来，他们又回到安全轨道上。而在此过程中，妻一直双眸紧闭，他忽然觉得睡觉也并非坏事，如果他也未曾打开睡眼，或许就不会任由这些风景在心底长成一部恐怖片。

抵达北潭涌巴士站时，已经下午两点，这时大上飘起细雨，海催着风，席卷游客的脸。他下意识拉上衣服拉链，一直拉到下巴处，才稍感暖意。不远处，一座六角凉亭孤零零矗立在那儿，凉亭里三三两两坐着些游客，他看不出那些人是已经完成了行程，还是和他们一样，尚未开始行山之路。

"没想到香港还有这种地方。"他发出感叹，但感叹声很快被风卷走。妻在他身后小声说："听说这个地貌形成于寒武纪，这里还有一些独特的六角岩，说是火山喷发后形成的景观。"

整个万宜水库波澜壮阔，有一种独特的人造美。为了对抗外海海浪的侵蚀，工程人员最终决定兴建一东一西两条主坝，主坝用以蓄淡水，而副坝则用来对抗海浪侵蚀。他站在大坝边，看到山和海被阻在另一端，忽然有种久违的安心。

在六角凉亭后，有一上一下两条坡路，他不清楚该往哪条路走，踟蹰了一会儿后，妻指着左边那条路说："走哪边都一样。"还没等他开口，她已率先踏上左边的山路，在他们前面，一个红衣红帽的男人独自向上攀爬。

"应该就是这条路没错，毕竟还有别的人也在走。"他跟上妻的步伐，走上石头台阶，起初的路段，平缓容易，但走到中段时，忽然发现几头牛在路上，三五来头，或坐或卧，每头牛脖上都系着小盘子。妻看到后笑着说："听说四五段路上还有猴子，如果不给猴子吃东西，它们就会扒在你脑袋上，不让你走。"他笑着摇摇头，快步离开了那几头牛。

又走了十分钟后，他忽然发现山势渐高，路渐窄，左边是山，右边是悬崖，并无人工扶手，稍稍低头，就能看见海伸着贪婪长舌，在舔舐他脚下那段路。他想叫一声妻，但妻竟然已走得不见踪影。在他前方，一个转弯像一只无形巨手，将眼前的路和走过的路完全隔绝开来，他已经不敢再朝前一步，因为稍有不慎，就会葬身海腹。

妻已经走过去了，完全没有犹豫地走过去了，而他还困在原地，踟蹰不前。他停在路边，大声喊了一声妻的名字，而那边一点儿回音也没有。路上不见新的行山者前来，雨势却越来越大，雨和风在海的纵容中变得更加凶残，不停搜刮着他所剩无几的勇气。他想下山，他早就想下山了，他想去维多利亚港坐那种平稳的天星小轮，然后在中环寻一家味正的茶餐厅饱餐一顿，他更想在看得到海景的酒店里搂着娇妻看八点档烂俗电视剧……然而现在，一切都消失了，在他眼前，只有两条路，上山或下山。

他索性一屁股坐在身后的小木桩上，不远处，海如同一个操纵命运的巨人，狞笑望着他。那一瞬间，一万种思绪马一样汇聚在颅内的草原里。就在几个小时以前，他还坐在港铁里，看人逗弄 baby，百无聊赖刷着体育新闻，怎么才几个小时，他就被抛掷在如此危险的境地呢？攻略里没人说过麦理浩径这么险啊！或是他真的太过胆小。

"如果有空的话呢，顺便去找一下你那个同学，他在香港工作，或许有办法治你那个病。"半个月之前，他拿到了一份秘密体检报告，里头说明不孕不育的主因或许在他，他未敢告知妻子实情，只想着用各种办法蒙混过关。但好几次，二人在床上痴缠时，妻以戏谑口吻调侃道："不会是你不行吧？"

他再一次站起身，准备挨过那道难关，但风浪真的太大，如同符咒，把他钉在原地。他准备再等十分钟，如果妻还没有回头，或还没人上山来，他就下去找人求救。

来之前，他曾看过一个新闻，说是十几年前，香港某探员独自来麦理浩径行山，然后失踪。人们说这里藏着一个如百慕大三角般的异世界结界，数十年来，有多人在此失踪，失踪后找不到尸体，宛如人间蒸发。妻会不会是故意来这里寻找那个百慕大区域的？

二人结婚两周年纪念日时，妻曾对着许愿蜡烛，开玩笑说："宁愿我们从来没认识过。"妻说："如果真是我生不出，我倒希望你能安心另寻新欢，但我知道你不会这么做，你怕人谴责你，说你不道德，所以最好的办法是我消失。"

他一直以为人生会如他人那般顺遂——毕业、谈恋爱、结婚、生子、等孩子长大、老去、死去，但没想到，才走了几步，中途就遇到意外，卡住了。恋爱时结婚时自然尚有甜蜜，像闹市尖沙咀，灯红酒绿，自有其安全感，但突然泅渡到了一个无人地带，一个真空麦理浩径，他真的不敢再继续下去了。

风渐渐大起来，像迫他做出选择。他忽然记起几日前的聚会上，朋友讲，要么就丁克，要么就离婚，你自己做决定。他回家后偷偷询问过妻对丁克的意见，妻只是一边操纵着电视遥控器，一边笑着反问："你确定不会后悔吗？"

他只好下山，也只能下山，因为根本回答不出这个问题，只能原路折返，他企图在折返之路上寻找到更多勇气去解答谜题。走到一半时，那些黄牛忽然集体起立，其中一只站直了身体，朝前走去，似一位松下童子。他和牛，一个在前，一个在后，缓缓下山。这条路的另一边是宽阔而平坦的下坡路，他一边想事情，一边跟着黄牛身影走，突然就走到了另一条路上，这条路上游客渐多，但那些人距离他非常远，他不认识他们，也不能唤出其中一人的名字。走了十分钟，远处忽然驶来一辆红色的士，他拦住了的士。

"去哪儿？"

"回西贡市区。"

如同逃离案发现场的凶手，他惴惴不安地离开了麦理浩径，他不知道妻子在哪里，是闯过了难关还是坠入悬崖，总之，他想离这里越远越好，或许根本就不该来。回去的路上，他闭上了眸子，脑子里是妻的巧笑情影。回不去了，无法回去，妻若知道他抛下自己独自上路该怎么办？

再次回到西贡市区，码头游船依旧星罗棋布，对街海鲜酒家已亮起灯。他如梦游之人，下意识跳上了回市区的巴士，几乎是一气呵成，他返回了钻石山，坐港铁，随如鲫人潮在地铁换乘通道内穿梭，又经数站路，终于回到了尖沙咀。

夜已深。香港的夜充斥了人间烟火气，码头上游人如织，街头卖艺者将维港变成了大舞台，周杰伦环球巡回演唱会的大幅广告印在旅游巴士上，人人人，到处都是人，他终于回到了正常轨道。

他随便找了一家茶餐厅，点了一个菠萝油、一杯丝袜奶茶、一份云吞面，独自吃喝起来。菠萝油过腻，奶茶太甜，云吞面又硬，服务员态度不佳，但这一切都没有打扰他的心情，毕竟他自由了。

吃完饭后，他再次回到维港，汹涌人潮将走道挤得水泄不通。他匿在拍照的人流中，遥遥望着对岸，灯光璀璨的建筑物如巨塔，镇住他躁动难安的心，他掏出手机，看了看，然后很快将手机扔入了海水中。这个动作迅速有力，周围没有任何人注意到他这个诡异的游客。

和这个世界失去联系，到底是什么感觉？

结婚前那年，他特意挑选维港求婚，求婚仪式之前，他对妻讲，玩个游戏吧，我们两个人关掉手机，分开走，如果三个小时内又能走到一起，就结婚。妻爽快答应，并最终在维港与他相遇，他掏出缝在衬衣内袋的戒指，颤抖交出，好像交出的是心脏一样。

扑通，扑通，当时想跳进去的是如今想离开的，一模一样的网，一模一样的海，一模一样的璀璨灯光。

忘记了是何时回到酒店的，街上似乎就他形单影只，乞丐窝在残破内巷，和他对望时，他不知道究竟谁更窘迫。

回到房间后，他褪下衣衫，打开淋浴，开始冲凉，房间内还残留着妻的香水味。他多希望一切根本没有发生，时间静止在某一刻。但是时间还是在快速向前跑着，不给他留下半分侥幸。

擦干身体，他披着白色浴巾坐在床上，药盒里的安眠药鼓胀脑袋邀他品尝，他伸手去拿药丸和开水，熟悉的味道在喉咙管弥散开来。这三个月以内，他吃过不下十种安眠药，但收效甚微。好多个不眠之夜，他与妻背对着，蜷缩如虾，黑暗中，他独自望着紧闭的房门，在心底叹气。

忘记是何时睡过去的，只记得助眠音乐是一首外国歌曲，女歌手声似天籁，但死于一场交通意外。他在那个梦境里再度踏上一条不归路，前路后路皆是悬崖。

再一次睁开眼时，他忽然发现身边传来热度，那是一个女人的胴体，一种熟悉的味道。是妻吗？他轻唤对方名字。"你回来了吗？"他不甘心地问。女人并没有回答。可他想要一个答案。于是他翻转身体，缠上女人，穷尽一切力气去寻找答案。可是黑暗里，一切消弭于无形。他感觉自己像一艘孤独的轮船，在浪里疯狂颠簸着，他已经发出了无数的信号灯，可灯塔还是遥不可见。

他渐渐昏死过去，再一次醒来时，阳光已经洒满床单，女人的胴体掩映在床单之下。他忽然惊喜地发现那只是一场梦而已，劫后余生的喜悦让他想制造一点儿声音来应和。

抬眼望去，维多利亚港的景致映在玻璃墙上，如一幅精心描绘的画，他操纵遥控器，打开电视机，突然看到一条新闻——"内地夫妻同游麦理浩径，丈夫神秘失踪，下落不明……"手中遥控器悄然滑落，他望向隆起的白色床单，脊背发凉，不知道消失在麦理浩径的究竟是妻，还是他自己。

怒目金刚

1

　　这是他们挪至这片山区的第七个夜晚。她的失眠并未痊愈，甚至有越发猖獗的迹象。她坐起身,抚摸了一下空空如也的胃部，手又不自觉下滑，移至子宫处。空的，都是空的，像一间又一间无人居住的房间，甚至连杂物也没有。

　　她下床，步入洗手间，拧开水龙头，静静看水流涌入灰土色的盥洗盆中。她伸出手，掬了点水，浇灌自己枯萎的面部——镜子里的那张脸干瘦、惨白，像是在沙漠中跋涉了数月的旅人。她"啪"地关掉灯，低下头，聆听自己在黑暗中的喘息，很明显能感到那是一头虚弱的兽在濒死时发出的求救。

　　累月的失眠让她记忆力受损，她一度忘记了自己来到此地的原因，模模糊糊里，有几个画面窜出来——车是顾森开来的，她坐副驾驶。来时也是一个夜晚，空中并无半点星辉，狭长道路两边是高耸的山。车驶入蜿蜒道路时，常会遇到那种不见前路的瞬间，但转过去又柳暗花明。顾森握住她冰冷的手说："试试吧，说不定有用。"

她是发了疯才会报名这个辟谷班，已经在这里饿了七天七夜了，除了进食过一些水、馒头和小枣外，她没有吃过其他食物。顾森有时会来看她，但多数时间还是留在市区里忙公事。大部分夜晚，她只能痛苦地蜷缩在床上，静待天明。

"是饥饿让我们确认了身体的存在。"

老师在课堂上言之凿凿地讲，现代人诸多疾病都源于营养过盛，人类对地球的破坏正在加速这颗星球的衰败，北极熊将在三十年内灭绝。夏季以来，北极圈多地发生火灾，这正是自然的旨意，警告我们要珍惜资源，极简生活。所以首先就是要抛弃你们吃的那些食物，你们的问题不是吃太少了，是吃得太多了。

她想起第一节课时，一个满面红光（看起来明显富态）的胖妇人没收了她带来的所有零食，那些食物被装入一个黄色大桶，被两名年轻男孩推了出去。又隔了五分钟，一个长须长发、道士模样的中年男子携木剑走上讲台，演示了一套行云流水的剑法,据说此人是道门中人,修习辟谷之术多年,身体朗健。就在她因剑法眩晕疑惑时,有人附在她耳侧说:"这位道长在潜心修道前得过癌症,后来通过自己的不懈努力,痊愈了。"

她环顾四周,班上的学员老少皆有,男女各半。离她较近的男人凑过来自报山门,称自己叫罗望,是一名网站编辑,因深受失眠之苦,无奈之下报名了这个辟谷班。男人说完后又盯着她问:"那你呢?"

她精神有些恍惚,脱口而出"失眠"二字,那男人就仿佛寻觅食物已久的兽,眼中闪过一丝光亮,逮着她继续追问:"你失眠多久了?"

多久了?她也记不清了。应该是自孩子从子宫出走那日算起。一年前,她和顾森的婚姻走到了悬崖边缘,正在她以为自己要坠崖时,腹内忽然多了一个胎儿,这胎儿像藤蔓一样将她从岌岌可危的崖底捞起。但没过多久,那藤蔓就在一个深夜分崩离析——她流产了,原因不明,医生称或许与环境有关。

在那之后,顾森绝口不提离婚之事,她便也懒得再大哭大闹。彼时恩爱甚笃携手创业的夫妻多半是这个结局吧?女主人一旦从他的事业中真正抽离,他便忘记了她当初是如何起早贪黑为自己忙碌。也不是不可以东山再起,但总归难些,会有诸多人在她背后指指点点,也许顾森还会请人炮制她是恶妻的公关新闻。这一切一切，都让她疲惫，但疲惫却不能将她带入睡眠。每夜睁眼等天明时，她都觉得是天罚。

2

辟谷班为封闭式训练营，课程共分七个疗程，每七天为一个周期，总共四十九天。最初的几周会慢慢减少学员的食量，等到最后一期则是彻底的辟谷修行——只喝水，不吃任何食物。

白天，众人会聚在一起上课，上课时，要闭目，双手举起，绕过头顶。导师在讲台上念："跟我一起，打开百会穴。"最初，她并不知道何为百会穴，还是罗望冲她眨眨眼说："头顶，就是头顶正中央。"她皱眉问道："那这里怎么打开呢？"

她想起儿时随奶奶上山晨练，每至半山腰时，奶奶便要在一个凉亭内停下来，朝她招手，示意要留在亭内练功。这种功无须借助任何器械，仅仅就是这样将手高高举起，闭上眼睛，感受天地灵气。

"感受到了吗？你们把宇宙吃进了肚子里。"

她差点就要笑出来，但还是忍住了，对于这种东方秘术伪科学，她向来没有兴趣。但不得不承认，在闭眼的刹那，她感到了一种前所未有的心灵平静，一种置身人群却仿若穿越山林的静谧感。导师介绍称这是一种新的"吃饭"方式，不摄取食物，而是依靠吞食宇宙能量过活，久而久之，人的身体会适应没有食物的感觉，同时起到一种彻底的净化作用。

"吃完饭"后是打坐时间，他们的手机统一被没收，能做的就是屈腿盘坐在地上，望着远处那一座山。已是深秋时节，地上有些金黄枯叶，她喜欢坐在叶子上，这样会让她想起坐在莲花里的佛，直接接触大地寒气攻心，总要隔着些东西才好。

"看到了吗？观音的头露出来了。"罗望指着远处说，"你去过那儿吗？"

她摇摇头，谎称不知道，其实心里是在逃避。她当然去过那座寺庙，那是一座兴建于清代的庙宇，后在民国时期被烧毁，上世纪五十年代时重建，并逐渐扩寺发展。五年前，众人捐资，在寺内树起一座高达数十米的观音像，捐款名单里有顾森。那时他们的生意正遇到问题，她还碰巧遇到车祸，虽然车祸的代价只是骨折，但仍旧使人感到了命运的捉弄，也就是在那时，顾森花了一大笔钱捐给寺庙，成为观音像的其中一位捐资者。自那之后，顾森的生意好像真的受了佛祖庇佑，逐渐有了起色，而代价是他们之间的感情，好像是一物换一物，彻底被牺牲掉了。

她低眉，想起殿内菩萨，菩萨为何总是低眉呢？她在一本书里看过，说是众生皆苦，菩萨除了不忍看，也是没有能力看才低眉的。这时罗望忽然避开导师的目光，偷偷朝她口袋里塞进一颗水果糖。

在这里，藏匿食物是被明令禁止的。她记得刚进山时，在村口看见有人卖烙饼卷肉，她还流着口水说有机会去吃吃，哪知道进来后，不仅吃不到这乡野美食，连普通的食物都吃不到了。

她皱眉，用那种不发出声音的口语问罗望："为什么？"罗望回过头去不看她，然后双手合十，对着那尊巨大的观音像说了一声："菩萨保佑。"她停下来，看他的侧脸，觉得有些神似顾森，但顾森现在已经不是这样了，他没有棱角，也没有轮廓，更不会偷偷塞给她一颗糖。

3

罗望约她夜会时，她就明白了对方的意思。

这里谁也不认识谁，极适合发展一段露水姻缘。前天夜里，她就看见一名男道士牵着一个女学员的手，悄悄步入后山树林。她这个年纪的女人，没什么不可失去的，也没什么不敢尝试的，或者说，在这无聊而乏味的课程中间，她需要一个调味品。

他们在一个废弃的仓库接上了头。

她择了一个木桶坐下来，身体摇摇晃晃的，罗望把她扶起来，让到一个长方形箱子上，说："坐这里。"说完，罗望又从口袋里拿出一根火腿肠说："吃吗？"她笑了，难道现在的男孩前戏要做得如此无聊吗？仿佛在一个延长线上铺满了心形石块，走上去硌脚。见她皱眉不食，罗望又从身上掏出了更多的食物——压缩饼干、巧克力能量棒、干脆面等。她静静看着他，像一个国王巡视前来献礼的异邦术士。

"你都不吃吗？"

"你找我来，就是为了这个？"她故意叉开腿坐，让裙摆中露出一条间隙，但罗望好像对此全无兴趣，而是恹恹地说："吃饱了才有力气出去走走。"

"我还以为你找我来是有什么别的事情。"

说完这句话后，罗望总算明白了她的意思，但他尴尬一笑道："姐，我真不是那个意思，我……"男人说完将她的手捉至其下体处，她摸了一下，那里软趴趴的。她想起罗望之前说过自己的年纪，今年也才二十七岁而已，怎么会这样？

"如果你真的不想吃东西，那我们出去走走吧？"罗望伸手，将她从木箱上拉起来，她拍拍身上尘土，随着对方步出仓库。去哪儿呢？她不清楚。未来要去哪儿，她更没有想好。抬头望向夜空，今夜月明星稀，也无高人给她做出任何指点。

罗望又把食物塞进宽大的外套内，两个人就这样一前一后步入了一片小树林，树林边有微弱的光透过来，她恍惚感觉进入了迷宫，似乎稍有不慎，就要坠入万劫不复的地狱。又继续朝前走了几步，能听到地上有一些滑动的声音，不知道是来自于蛇类，还是鼠类，这让她不安，不敢再前行半寸。

"到底要去哪儿？"

"马上，马上，一会儿就到了。"罗望把手电筒交给她。她握着手电筒，像握着一串光束，能自己发光的东西真好，可她只能借助光源，照亮前路。

走了五分钟，他们到了一处洞穴口，罗望把手电筒拿过来，扫了一眼地面说："你看。"她循着光源方向望去，那是一尊又一尊凋敝的佛像，大部分佛像上的漆色有脱落，有一些上面沾染了烟火痕迹。

"这都是被遗弃的。"罗望拿起一尊无头观音说，"这些神像可能都是老化后被扔在这里的，还有一些或许是之前的供奉者信仰发生了变化，像我奶奶，前半生信佛，后来把佛珠和神像都扔了，改信耶稣基督了。"

她置身在那古旧佛像之间，仿佛进入了一个新的世界。在这里，佛像会坍塌，信仰被抛弃，一切都在毁灭……她静静地望着洞穴外，一些小生灵匿在树丛中，眼睛像天上掉下的星星，散发光亮。

罗望倚靠着墙壁坐下来说："我以前是一个性瘾患者。我在社交网站上注册了几十个号，化用不同的身份，约过上百个女人。年纪最小的是初二学生，最大的是一个五十岁的离异女人。最频繁的时候一天要约三个。那时候精力旺盛，喜欢的可以一天做五次，我都不知道自己哪来的精力。"

她定定地望着眼前这个清秀的男人，夜的光浴在他白净的脸上，让他呈现出一种圣容。儿时，她曾随母亲去过教堂，那里有一个黑布包裹的小亭子名曰忏悔室，那时母亲每周都要跑那儿去忏悔，她不知道母亲有什么话必须周周和主讲。现在，她觉得自己变成了一间忏悔室，而那个年轻的男人正把头轻轻靠在她的膝盖上倾诉。

"后来呢？"

"后来有一次，我约了一个女人，比我大七岁，我对她没什么感觉，她似乎也对那种事兴趣缺缺。做完后，我穿好衣服，准备走，她突然拉住我说，可不可以留下来坐坐。我们这种人最怕的就是约来的人玩出真感情，要纠缠。于是我起身想逃。结果那个女的说，她得了绝症。她求我，求我和她再做一次，我挣扎了一下，还是开门，走了。"

"会不会是骗人的？"她把手电筒对准洞口问，"这种事也太巧了吧？"

罗望摇摇头说："一个月后，我收到了她的死讯，死因是抑郁症，跳楼自杀的。发信人是她闺蜜，说这条信息是她特意让她发的，还说谢谢我。"罗望把头埋进两腿之间说，"我后来想，这种人是真的有病吧，我只是来约炮的，她居然当我是菩萨。我救得了她吗？我连自己也救不了。"

她站起来，想拍拍他的肩膀安慰他，但起身时，高跟鞋踢倒了一尊佛像，后面的佛像也像多米诺骨牌般，尽数倒塌。她又蹲下来，忙不迭把那无头的、断肢的、被削鼻的神像一一归位。

"其实我带你来这儿，不是想说这个的。"罗望指指洞穴深处说："我是想告诉你，从这里出去，穿过这个洞，能到村口的小卖部，可以买点吃的。这个地方是我一个人发现的，他们都不知道。"

她看了一眼手电筒对准的方向，那里的确有一片刺目的光。

4

山中一日，世上千年。

来到这里后，她时常感觉现实世界的渺远，好像彼时成长、生活的地方现在已融化成了一片汪洋。她常在下课后独自沿树林走到陡峭绝壁间，远眺对面的佛像，那隐在云层中的半截菩萨，永远低着眉。

那日夜会后，她和罗望的关系发生了本质变化，她不再抗拒和他接触，反而和盘托出自己的底细。她时常会提到顾森，提到对方近几年对命理风水的癫狂。比方说，每半年要找风水师来公司勘察一次，每隔一个月，公司所有布局都要调换一遍——鱼缸朝北不对，要移到西南处；沙发坚决不能和鱼缸挨在一起，会破财局……公司员工因此叫苦不迭向她抱怨，她也只能插科打诨，说风水好了公司赚钱多了，给大家涨工资。但工资到底是没涨，而员工流动率却增长了三倍。

"你很讨厌他吗？"罗望问。

谈不上讨厌，只是彼时携手共进的同路人现在像中了蛊毒一样——疯狂、偏执、不可理喻，他们几乎不能进行平等的交流与沟通。她有时会怀念彼此都还是穷学生的时代，一碗麻辣烫就能吃得开心，而现在，没有什么能让人开心。

辟谷班进行到第三期尾声时，她的身体越来越虚弱，甚至连说话都要节省力气，罗望倒依旧精神奕奕，这显然和他偷食有关。但好景不长，某天中午，罗望被导师叫进办公室问话，没隔多久就怒气冲冲地跑了出来，对她说："没了。"她这才知道那洞穴秘密早已被发现，现在洞口通道已经被彻底封死，这也意味着他们即将迎来真正的辟谷期——粒米不进。

中途弃课的并非少数，不过有的并非出于自愿。课程进行到第二十三天时，清晨，众人来到练功的那片空地上，忽然看到一个男人把自己埋在土里，只露出脑袋，那时天光乍亮，男人的脑袋像是土里长出来的一样。众人诧异地看了一会儿，终于在导师的提醒下开始刨土，把土刨开后，只见男人浑身赤裸，神情恍惚。这个男人叫辉哥，在西北和内蒙古一带做矿业生意，有严重的头疼病，访遍名医无果，最后只好求助于这个辟谷班。人们猜测，许是平时习惯了大鱼大肉不加节制的生活，这突如其来的"饿"让他出现了某种幻觉。

辉哥被家人接走后，人心惶惶，有的人当即提出要退班，但导师告知，若中途退出，那一万块的培训款也不会退款。为了安抚他们的情绪，导师从隔壁山上的万佛寺请了一个老尼过来诵经。

"你们要记住，无论做什么事，都要诚心，心诚则灵。"导师挨个给他们脸上洒上清水，称之为甘露，说药到病除。有人应和道："行百里，半九十，再坚持坚持。"

她其实早就坚持不下去了，但顾森不来接她，她也找不到下山的办法。好几次，路过村口时，她都希望迎面进来一辆出租车，可是什么车也没有，唯一有的是村民的驴车，坐这种交通工具出去大概要耗上十天十夜吧，这让人绝望。

没过多久，她连散步的力气也没有了，每次练完功，只能待在床榻上叹气，有时候连叹气都显得奢侈，因为每耗一分气她就感到"饥饿感"在加重。

"吃糖吗？"

每次她快要坚持不下去时，罗望就递给她一颗糖。是水果糖，橙子味，用透明玻璃纸包装。吃完糖后，把玻璃纸留在手里，对着太阳或灯光一照，能看到七色的光。她像小时候一样，把那些糖纸一张张攒了起来，用清水洗净，放在房间内的台灯下。

渐渐地，她对罗望起了一丝窥探之心，而对方也对她毫无防备。某次下课后，她蹑手蹑脚跟在他身后说想进他房间看看，他也就大方爽快将她让进来，供其肆意参观。为了防止她生出戒心，他没有关房间门，而是拿一张木制椅子隔住了门与墙，以此表明心迹坦荡。

"不用这样的。"她笑了笑假装拒绝，其实全盘接受了对方的好意。罗望和导师吵了一架后，情绪上有些低落，见她还在孜孜不倦地看这房间，便找了个借口遁入卫生间："我去刮刮胡子。"她说好，旋即像个侦探一样在房间内嗅来嗅去。房间里有一丝淡淡烟味和橙味混合的味道，像极了她过去爱用的那款香水，后劲十足。她拉开椅子，坐上去，把玩着桌子上的水果糖，在那些细碎如钻石的小东西旁躺着一支黑色的笔。

她认得出来，这是一支录音笔。大学时，她念新闻系，实习采访时经常用到这个道具。那时的新闻业还没有如此凋敝，她盼望着做一个时政记者，但毕业后，同校学长顾森拐她去做生意，她便与自己的新闻理想渐行渐远。

他带一支录音笔来做什么？

她把录音笔打开，听里面的录音。一开始全部是诗歌，罗望有着迷人的嗓音，念那些外国诗颇为合衬，第一首是里尔克的《严重的时刻》。

> 此刻有谁在世上某处哭，
>
> 无缘无故在世上哭，
>
> 在哭我。
>
> 此刻有谁夜间在某处笑，
>
> 无缘无故在夜间笑，
>
> 在笑我。
>
> 此刻有谁在世上某处走，
>
> 无缘无故在世上走，

走向我。

此刻有谁在世上某处死，

无缘无故在世上死，

望着我。

还没来得及听下面的内容，罗望已经洗完脸走了出来，见她拿着录音笔，对方笑笑说："被你发现了。"她也不退让，趁势追击问道："你来这里的目的和我们不一样吧？"罗望点了点头，没有回话，但她已猜出大概。学生时代，有师兄卧底传销集团写出一篇震惊社会的新闻报道，后来在聚会上，她向师兄讨要非虚构写作秘诀，对方就说了两个字——"真实"。真实，这意味着记者要深入虎穴，拿到第一手采访资讯，料想罗望也是如此。

"你是记者吗？"

"也不算，算半个吧。现在还有什么记者吗，据说全国登记在册的调查记者不足百名。"罗望拿毛巾擦干头发，身上散发出一股水果糖的香气。她想继续追问下去，又觉得浑身乏力。罗望见她这样，建议道："吃颗糖吧？"她撕开糖纸，将那橙子味的颗粒塞入齿间吮吸，咀嚼，好像是在吮吸罗望的身体。

那颗糖吃完后，她就睡着了，不知道是太饿还是太累，只隐隐约约记得自己趴在桌子上睡着了。

5

再次醒来时,已是翌日清晨,她发现自己睡了足足有十二个小时。房门还敞开着,有凉风徐徐吹来,她的身上有一件男士粗针织毛衣。她揉揉眼睛,把毛衣挂在椅子上,环顾四周,罗望并不在。昨晚发生了什么,她已经完全失忆,唯一可以确定的是,这是她自流产以来睡得最安稳的一个觉。她感到体力充沛,甚至还能记起梦,梦里她变成了一头非洲象,在草原上缓慢行走,有盗猎者向她射出麻醉枪,她因此倒地,昏昏不起。

她步出阳台,眺望远山,清晨的雾霭将观音的脑袋完全隐去,什么也看不见了,远方一片混沌。在楼下的操场上,宽衣大袍的"同学们"聚在一起,像隐匿山间的谪仙。

她匆匆跑下楼去,加入到众人之间,罗望却消失了,仿佛这个人从来没有存在过。她摸摸外衣口袋,忽然发现口袋里沉甸甸的,多出了一个木雕观音像。

"要集中精神,接受最后的考验。"导师拿着书慢悠悠走过来,打了她的腿一下说,"坐下,坐下,打坐,你迟到了。"她心里还想着罗望的事,但放眼望去,遍寻不见。

她闭上眼,依照导师的意思感受天、地、风,气体的流动,味道的变化。她曾经听过一节课,说每个人都是要死的,在死的那刻，人又会回归天地之间。那时课堂上有人举手问："如此说来，人活着其实毫无意义，是一个从虚无到虚无的过程吗？"演讲人扶扶眼镜笑着说："你这样说是没错的，但我们必须赋予其意义。"后来每次遇到谎言、欺骗，对人生感到模糊时，她都会问自己，这一切的意义是什么呢？人给这一生赋予意义是否只是为了骗自己活下去呢？就像这个所谓的辟谷班也并不能真正医治好任何人，只是另一种行骗的手段？

想到一半时，她睁开了眼睛，变成了一尊怒目金刚。就在她准备起身离去时，忽然看到罗望缓缓朝她走过来。她又立刻闭上了眼睛，假装什么也没有发生。

那日课堂上，他们彼此无言，说不清是不愿交流，还是饿得没有讲话的力气。下课后，罗望也没有打招呼就先行离去，她一个人绕到了后院，因为后院的树林里藏着一辆车。

她记得那辆车，车是顾森所购，一辆二手车，从前他们为了一件生意上的事杀过人，砸死人的是她，埋尸体的人是他。那案子做得漂亮，多年来无人发觉，但从此像一枚钉子刻进二人心中。她与死者无冤无仇，杀人纯粹是为了顾森。

方才罗望回来时，裤腿右侧蹭上了油漆，和这辆车上新涂的漆一模一样，她已经知道发生了什么。

6

她去找罗望，假装什么也没有发生，对方对她的态度也依旧热情。

"我好饿，我们出去找找吃的吧。"

"好啊！"

罗望没有任何戒备，两人沿着旧路，闯进了山林。路上，一片黑暗，她不再胆怯，因为她心里已经有了一把闪光的刃。

他们缓缓走着，走了足足有二十分钟，终于抵达了一处坡地，远处，那尊几十米的观音像正低眉俯视着这片大地。

罗望在她身边踟蹰了一会儿说："这里有什么吗？"她从身上卸下一个小袋子，里面是一些粉末混合着不知是什么的颗粒。她说："这里，我这里有一些吃的，可以充饥，吃几颗就能饱腹。"

"这是什么？"

"我之前健身的时候，为了减肥，就吃这个，饱腹感很强，吃了就不饿了。"她抓住罗望的手，将他手掌摊开，倒了一些在掌心上。罗望拿过去，半信半疑地吃了几口说："有点点甜味，像小馒头一样。"

"嗯，吃吧，多吃一些。"

她从袋里拿出一颗颗粒，在月光下照了照。十年前，她第一次和顾森踏上某个做瓷的小镇，拜师学艺，其中一名技工曾经告诉她——饥荒年月，人们食草和树皮果腹，后来连这些也被吃完了，人们就找到了一种高岭土，吃一点儿就不饿了。找到这种土的人大喜过望，以为是菩萨显灵，救济世人，于是称其为观音土。谁知道，没过多久，有的人因过量食用观音土，腹胀如鼓，憋胀而死。

"这是世上最绝望的食物。你以为吃下去就好了，其实完全是假象。"

见罗望手里的观音土已经吃完，她又倒了一些到他掌心，对方向她投来感激的目光。她也擦了擦眼角不经意流下的泪水，将那咸味的水喂进嘴里。远处，那观音不知何时已经换了一张金刚的脸，怒目，面对着惶惶草木。

雨屋

1

　　这浴缸搬进来有多久了？她有些记不清。她只记得一开始的事——开始这里是一处陈旧老宅，到处充斥年代记忆。前任屋主是一个老太太，银发、五官端正。她其实没有真正见过老太太，一切都是从遗像上看来的。老太太去世后，其子迅速处理了这套房子，而她，是买下这套房子的人。那时她刚过三十，对未来感到不安，但又找不到稳妥的解决办法。最后，在所有可能的答案里，她一眼捞起了买房子这个选项，把多年积蓄全部砸了上去。

　　她那时才稍稍有了掌控生活的感觉，没人管得了她，一切都以自己舒服为前提。虽手头拮据，她还是花了大笔的装修费来改造浴室——别的不重要，马桶是不是进口的，瓷砖是不是名牌，都不重要，她只关心能否辟出一个空间，放置一个小型浴缸。儿时，她住在筒子楼里，三户人家共用一个厨房和厕所，每到洗澡的时候，家里就会弄得水漫金山，她常幻想自己坐在一艘小船里，可以顺水漂流，去往远方。毕业后，她去往北京工作，在望京和六个人平分一个厕所，说是平分，其实还是靠抢，隔壁的那对情侣占用浴室时间最长，她常听到这对情侣唱着歌，洗着鸳鸯浴，有时候，她还能听到女孩的呻吟。他们在里头做些什么呢？她不敢深想。

"空间太小了，我还是建议做淋浴，这里不适合再放浴缸了。"

设计师的建议在她脑子里盘旋了一会儿，但很快就被踩在地上，两个人争执了一番后，不欢而散。她盘腿坐在杂乱的屋子里思考了一会儿，做了一个新决定——自己去家装建材市场买材料，再找工人来装修。

卖洗浴设备的在家装市场的最深处，她顶着毒辣日头走了十分钟，才找到那家店。据说这里的货最齐全，什么尺寸都有。她把洗手间的平面图和照片拿出来给老板看了看，询问对方能否找到最小的浴缸——不需要太大，不需要太豪华，只要能放个人进去就行。老板娘那时正在陪小孩看着一部动画片，并没有做生意的心思，只随意对着角落一指说："你去看看吧，也可以进去坐着试试，看位置够不够。"

"进去试试？"

"对啊，进去试试。"

没什么可矜持的了，她径直走向自己喜欢的浴缸，抬高脚，踏进去，坐下，舒展四肢，她感到了久违的放松，并开始回忆第一次在日本泡温泉的情景——当水流覆盖周身，热气氤氲脸庞时，她的身体仿佛化入水中，一切都不存在了。

"哈哈哈，棺材！"

她睁开眼，发现小孩子正对着平板电脑哈哈大笑。她猛然起身，坐直身体，又看了一眼浴缸。中学时，她看娱乐杂志上写过一个故事，说一名女明星甘愿为夫试棺，她不明白为何女人要替男人试棺材，两个人身材尺寸都不同，试什么呢？

她起身，谢绝了老板娘的热情推销，赶往下一家店，然后购买了一个一模一样的浴缸。不是不想在第一家店买东西，只是那句"棺材"实在是太不祥了。后来的事情倒没有生出什么枝节。那浴缸尺寸刚好，可以塞进狭小的浴室空间内。此后的时间，她每天最喜欢的事就是在浴缸里泡上一会儿。要不是那件事的发生，她或许还能和浴缸和平共处好多年，直到浴缸和她的身体融为一体。

事情发生的那晚，极为平静，世上许多事都是这样，在一切发生之前，没有任何预兆。像遭遇空难的人坐在机场里打着呵欠，人们并不能提前知道即将到来的灾难。那晚，她还是像平常一样在沙发上看书，看的是辛波斯卡的诗集。白天的工作沉闷而乏味，她脑中已经塞不进长篇小说，只有读诗能缓解一下这样的情绪，她喜欢辛波斯卡，不仅仅是诗，还有对方优雅而从容的面容，未被岁月磨灭的坚定眼神，和高高扬起的天鹅颈。更关键的是，她或许会和辛波斯卡一样，一生没有子嗣，她喜欢人们评价辛波斯卡的话——"她没有生育，诗歌就是她的子女"。

坊间称成年女性的生育巅峰在二十五岁到三十岁，到三十五岁后，生育力逐渐下降，直至绝经。在三十岁的当口，她短暂疑惑过自己的未来——是否要赶紧找个男人结婚，快速诞下儿女，但很快又打消了这个念头。她不是那种完全循规蹈矩的人，但又不是执着于离经叛道的人，她站在一个灰色大裂谷里，山谷里的人不多，常有猎猎山风吹过。有那么好几年，她独自思考这些问题，找不到答案。后来她求助于诗歌、文学、电影，这些东西是灵药，告诉她生命中还存在着不同可能。自从把辛波斯卡的事记进心里后，她便鞭策自己专注于写作。白天，她在一家小公司做文书工作，夜晚和周末，她把自己塞进小黑屋里，疯狂写作。这样的生活也的确带来了一些回报——她在杂志上发表了作品，出版了自己的两本短篇小说集。但短暂的兴奋过后，是漫长的迷茫，这些事并没有给她的生活带来什么实质性的改变，而随着时间的推移，她也越来越清楚自己终其一生也只能成为一个普通作者。

自那件事发生后，她引以自豪的记忆力开始衰退，写作灵感也全无，好几次，坐在桌子前，她抠破头皮，绞尽脑汁也不知道该写什么。朋友劝她放轻松一些，出去透口气，她表面上应承下来，实际上还是不能放松——放松后，一切都将弃她而去。

2

窗外雨下个不休，这是南方固有的潮湿天气。她趴在浴室瓷砖上，反复擦洗着浴缸内壁——腥气阴魂不散，那股味道混杂着潮气一直朝她鼻子里涌。上个周五的夜晚，她像往常一样，独自踏进浴室，想好好放松一下，她还记得自己放了一首曲子，是 Radiohead 的 *Creep*。如果事情按照原有计划发展，她会在浴缸里泡上半个小时，玫瑰花的香气将把身上的污浊气全部涤去。洗完澡后，她会喝杯牛奶，再看上半个小时波拉尼奥，然后沉沉睡过去。

但事情全部乱了。她只记得入水的刹那，热气扑面而来，后来的事情就不记得了，像喝酒喝到断片，哪怕有人在拆解她的身体，她也感觉不到。醒来后，她已经在医院里了，脑子上缠着白色纱布，床前是她的闺蜜丹——另一个单身女性。丹正拿着电脑，处理邮件，见她醒来，丹立刻放下手中工作，问她感觉怎么样。感觉当然不怎么样。事后，她从丹口里才知道发生的一切。当晚她正准备踏进浴缸时，因地面湿滑，一脚踩空，人跌在了浴缸边，头部被撞伤，就这样持续了一整夜。第二天，丹打她电话无人接听，当即驱车赶往她家，用备用钥匙开了门，把受伤的她抱进了医院里。

"还好我知道门口的地毯下藏着备用钥匙，不然就完了。"

她躺在病床上，想起日本的孤独死案例——据说，在日本孤独生活的单身老人人数约为六百万人，居住在公共住宅中每四人就有一人是独居老人。他们在临死时甚至没有一个亲人在场，只能孤独死去，有的在尸体分解甚至化成白骨后才被人发现。

"你说我这算不算是提前体验了孤独终老的最坏结局？"她开着玩笑，想缓解病房内的凝重气氛。丹看了她一眼，没有说话。两人自高中相识，如今已经足足有二十个年头，她知道丹在想什么。就在去年的时候，两个人还密切讨论过。她们坐在商场的咖啡厅里，丹手上拿着分析图，她多年从事市场工作，早已对这套模式熟记于心。两个人讨论了一会儿，最终的答案是无解。她们已经三十五岁了，即将度过生育的黄金年纪，身边的同学有不少已经离婚，结婚生孩子的女同学也不见得过得多幸福，从某种角度来说，她们甚至是幸运儿，至少不用为了孩子的分数和学区房争得头破血流，但问题也显而易见，她们未来大概要一个人度过晚年了。

"你说现在的孩子养大了会养老吗？现在的人越来越自私了。"

丹反问："你会给你的父母养老吗？或者说，万一他们病了，你愿意在医院里头端屎端尿吗？"她还记得外公瘫痪时的情景，当时母亲和父亲交替照顾老人，那段日子太难挨了，她至今都不敢深想。母亲经常在电话里抱怨没有人帮她——舅舅在外地打工，不回来照顾老人，但家产还是想分的，虽然没多少。母亲一边怨声载道地照顾着自己的双亲，一边含沙射影说她远在北京不肯回来帮忙。那段日子过后，母亲患上了严重腰病，情绪也不佳，好几次，母亲当着她的面说："你们这代人肯定也不可能给我们养老的，等我老了，就和我的姐妹结伴去养老院。"她不太清楚养老院的情况，但工作上和养老院有过短暂交集，因价格不同，养老院也分区间，也分公立和私营，能否遇到好的养老院全凭运气，即使在好的养老院里，能否完全不受虐待安度晚年也得打一个巨大的问号。她还记得三年前的新闻里，一个破败的养老院遭逢火灾，无处可逃的老人们在一夜之间集体送命。

无解的时候，她就把这些情绪统统塞进小说里，她现在正在酝酿一个中篇——故事结构和主线都没有想好，只模模糊糊有个开头，开头的句子也没有想清楚，只留下一些片段场景。开头应该是在一条公路上，公路两边是树林，她开着车在公路上行驶，不知道要驶向何方，这时突然从林子里窜出来一头鹿。她下意识刹车，等再抬头时，那鹿居然变成了一个佝偻腰的老太太。

这个模糊的开头可以导向数万个分支，她坐在书桌前冥思苦想，电脑边全是断发，近几年脱发越来越厉害了。她站起来，去客厅里倒了一杯水，一边喝着，一边看向窗外，雨还在继续下着，客厅中央原本放置鱼缸的位置现在空了出来。之前她在医院里住了四天，等四天后回家时，金鱼已经死光了，死得透透的。据说金鱼不会控制自己的食量，如果一定时间没有人看顾，一定会批量死亡。她从厨房里拿出长柄漏勺，把那些小鱼的尸体捞出来，装进黑色塑料袋中，下楼，找了一棵树，在树旁边，埋葬了这些小鱼。其中有一条小鱼，身上有墨色花纹，她唤她小黑，她喜欢穿黑白色的衣服，小黑也是这样，很长一段时间，她把小黑当做自己的影子。现在小黑死了，她的一部分仿佛也死了。多年之后，当她独自死亡后，也许根本无人来埋葬她，想到这里，稍微有些恐惧，但很快，她又想起童年看科学节目里说人死后会分解，分解后将再次融入大自然，和天地万物化为一体，人类都是碳基生物罢了。

再次回到书桌前，还是一筹莫展，她低头观察自己的脚。在她的脚旁边，是桌脚，桌脚以毛绒包裹起来，像穿上了袜子。从医院回来后，为防再次发生跌撞事件，她弃用了浴缸，同时买来许多防撞软贴，将所有桌脚凳脚全部包裹了起来，这下这个屋子就变成了棉花屋，不管她怎么磕磕碰碰都不会有事了。

还是没有任何灵感。

没有灵感的时候她会跑进厨房做清洁，用这种方式去抵消无事可做的罪恶感。这次她冲进厨房后，突然发现厨房角落里有一摊水。水是从楼上漏下来的，已经不是第一次了。楼上住着一对小夫妻，他们在厨房里放置了一个净水器，但常因为粗心而不关闭净水器，导致里面的水从上面一路漏下来。她很愤怒，但已经没有情绪了，因为情绪解决不了问题。她拿起电话，拨通了对方的号码，把漏水的事情告诉了他一下，对方那边传来游乐场所的喧闹声。

"你们可以赶快回来解决一下吗？这是老房子，水漏多了，

电路会出问题的。"她在电话里对对方咆哮道，"你们到底什么
时候能回来？"

对方在电话里连声赔罪，称自己正在陪孩子玩，在很远的
地方，回来大概需要一个小时。她在电话里继续骂了几声，那
边就挂断了，接下来的事情，她只能自己面对。

她拿来水桶和脸盆，放置于漏水处下面。儿时，家住顶层，
因房屋质量不佳，每到梅雨季节，她都得协助父母把家里能用
的脸盆、水桶、碗都拿出来，放在漏水的墙缝下面。自那时候
她就意识到，有了屋子也不是绝对的安全，雨水长了脚，会散步，
会逃逸，会从墙壁的缝隙里奇袭。

她想出去透口气，找找灵感。

3

坐上丹的车时已经是下午一点钟。她钻进小车内，拿柴犬
靠垫砸了一下丹，但很快又收回手。她在这座城市里的朋友已
经不多了。学生时代的朋友大多已经走散，人生像个筛子，筛
来筛去，剩下能交流的人屈指可数。最早的筛选器是结婚，后
来则是生子，像有一个不知名的屏障一样，人们按照身份各自

在后面站队。她也试着融入过，但实在是融入不了育儿和骂公婆的话题之中，她有时候更愿意听丹抱怨领导，抱怨市场行情，那些东西都是看得见摸得着的，而婚姻和育儿的无助则像雾气，她看得见，但从未真切进入其中。

　　丹想要个小孩，但没有找到合适的父亲人选，她打趣过让丹冷冻卵子，或者到国外去找精子，丹笑着连声说好，但最后又低下头说，这是在中国，单身母亲是什么意思，你应该懂的。最后，丹养了一只柴犬，柴犬小名贝贝，丹说这是她想给她孩子起的名字。她也曾想过饲养一只猫或者狗，但她似乎并不擅长和动物相处，之前在丹出国出差时，她照看过贝贝一阵，但贝贝却把她咬了。她也曾短暂收留过朋友送过来的一只美短猫，但那猫经常在她的床上撒尿，惹得她心烦意乱。

　　"但其实孩子比猫狗要难养得多。"丹的车转了一个弯，驶入一条小路，小路两边是汪洋湖水。这次她们的目的地是一家养老院，丹的公司和养老院有合作，她想去那里看看，看未来是否能让父母住到那儿去，顺便再找找灵感。

　　"你说让爸爸妈妈去养老院是不是太不孝了？"丹问道，"但是我太忙了，万一他们有点事情我真的照顾不过来。"

　　"别想太多了，想不清楚的。"她抱着靠枕，望向窗外，湖面上波光粼粼，景色怡人，但这条道路却格外狭窄，且道旁只有稀疏矮树，只要稍不留神，车就会冲进湖里。冬天时，道路结冰打滑，常有车辆因操纵不慎坠入湖中。

"我们的问题就是担心的事情太多了。"

"是啊，你说这是杞人忧天还是未雨绸缪呢？"

车开了四十分钟左右，终于驶离湖区进入了一个小岛。养老院就坐落在这座小岛上。长久被困在市区，突然驶入这桃源秘境一样的小岛，她有些兴奋，那些缺失的灵感似乎正在复燃，句子在她脑海里不断跳跃，段落也逐渐清晰起来，她拿出手机，准备记录一些碎片灵感，这时丹突然紧急刹车，她看见前面有什么东西一晃而过，然后"嗖"地消失在密林之中。

"那是什么？"

"不知道，一个动物吧？头上长了角，是鹿吗？"

"不是吧，这个地方没有鹿吧……"

那头鹿没有再出现在道路中央，却结结实实撞进了她心里。她冷静下来后，拍着丹的大腿说，快快快，我们快点去养老院，去完了我还要回去写东西。丹不理解她这种心血来潮的做法，但也没有多说什么。车继续开了一会儿后，很快就进入了养老院。那是一栋簇新的房子，地面干净整洁，林园花木交错，从外观上来看，的确是养老的好地方，在宣传册上也说这里远离市区，空气清新，更适合老人养老，对一些慢性病也有好处。她站在楼房前，踟蹰了一会儿，尽管这里看起来很好，但仍让她感觉到压抑，像学校，像医院，像监狱，她有时候分不清这些东西的区别，不都是一类人扔在一个地方，接受统一的"改造"吗？

养老院的工作人员很快出来接待了她们，工作人员领着她们参观了住宿区、食堂、活动区、医疗室，又带着她们参观了一些举办活动时的留影。她这么看下去，没留下太深刻的印象，就像看一个刚落成的新商场一样，设备和建筑都是新的、好的，但至于里面真正发生了什么，谁知道呢？

"这里什么都有，养老院所有房间都设有中央空调，且配备有沙发、电视柜、电视、衣橱等，床边还有呼叫器，卫生间都有安全扶手，二十四小时供应热水……"她循着工作人员的介绍再次看了一眼光明的大厅，灯光强烈到有些刺目，电视机里正在播放中国运动员得奖的新闻，一部分老人跟着电视机喝彩，另一部分人专注于自己手里的扑克牌，还有一些正在假寐，但也很快被喧闹声惊醒。"这就是老年生活吗？"她喃喃自语。去年五月时，她曾写过一篇科幻小说，故事发生在六十年后，那时 VR 技术已经成熟，养老也转为 VR 模式，老人们在养老院里由统一设备供给营养，而每天的生活就是步入自己随机选择的幻觉游戏里——在那里，瘫痪的老人可以重新站立起来，缅怀青春的老人可以重返自己的少年时代，渴望登山但身体不济的老人可以跟随导游攀上心中高峰……但这一切都是有代价的，在小说里，老人们的寿命长短全由交的费用来决定，如果没钱了，这一切将被没收，那些无法接受现实的老人会选择自杀或者等待被杀死。那部小说最终投稿失败了，编辑写的拒稿原因是过于灰暗。

丹去院长办公室聊工作上的事，她便一个人呆在窗边，四处乱瞅。窗外又开始下雨了，雨淅淅沥沥，像一道帘幕，隔绝了这个世界和那个世界。她摘下眼镜，用纸巾擦拭了一下，但上面的雾和油腻感总也拭不干净。她不习惯戴隐形眼镜，这副树脂眼镜是她和世界交流的工具之一，她不知道上面为什么总是蒙着一层雾，像是有不眠不休的小人每夜都过来刷灰色油漆。看不见的感觉不好，她不是那种平衡力强的人，如果看不清前方的路，她就会一而再、再而三地跌倒。

半小时后，丹步出院长室，她们决定离开养老院。

4

路上，丹问她有灵感了没，她点点头，又摇摇头，她不确定未来是什么，抓不住，也看不清。窗外雨势渐大，湖和路好像拥抱在了一起，不分彼此，好几次拐弯时，她都以为车要冲进湖里。

"开慢一点儿吧。"她把手搭在丹的肩膀上，丹突然一个急刹车，停在了路中央，她被安全带的反作用力扣在座椅上，好一阵才缓过神来。在她前方，雨刮器还在勤劳运作着，像一扇交叠旋转门，在这门与门之间，有一个银发老太太独自走在雨中。丹把车停在路边，拿了一把伞，也没有多交代，便径直走向那个老太太，她坐在车里，看着两个人越走越近，但老太太的样子还是模糊而不真切，像美术馆里看到的油画，你能看到她的皮肤肌理，但看不清她的真正神态。

丹拉开车门，把老人安排在汽车后座，她重回司机座位，坐稳，丹看了她一眼说："你帮我看看老太太身上有没有什么伤之类的？"她从副驾驶位走下来，换到车后座，和那个浑身湿透的老太太坐在一起，还好，她骨瘦如柴，老太太也骨瘦如柴，两个人之间还隔着很大的空间，这使她不至于过分尴尬。她从后座上拿了一个毛毯披在老人身上，又例行询问老人家在哪里，叫什么，多少岁，但老人的眼睛一直死命盯着前方，一语不发。

"哑巴？"她做了个口型给丹，丹摇摇头，蹙眉说："我只是觉得她太可怜了。"她意识到丹刚才的行为不是纯粹见义勇为，只是完全的冲动，就像看到小鸟失去翅膀坠落在地，人们联想到的是自己身世的悲苦。但这会儿想把老人弄下车也不合适了。

车内一时沉默，她和丹都不敢随便言语。她坐在老人侧面，观察了一阵——老人身着呢大衣，手指甲修整得干净，头发也明显烫过，怎么看都不像个半道杀出的拾荒者。她又在老人身侧摸索了一会儿，没有发现包，也没有发现任何证明其身份的文件。

"报警吧？"她询问丹。丹却拼命摇头说："报警有什么用，再说即使警察受理了，也要在警察局逗留很长一阵子，简直浪费时间，如果对方家人来了，以为我们是坏人，就更加说不清楚了。"

"那怎么办？现在让她下车吗？"

窗外，乌云笼罩，天像漏了一个大洞，不断有水砸向大地。她和丹找不到解决办法，只能期待老人自己开口，但老人吐词不清楚，嘴里蹦出来的词语之间也没有任何连贯语意。见老人无法说清来处，她换了一个策略问道："您有儿子吗？"老人摇摇头。"您有女儿吗？"老人又摇摇头。丹在前排突然被她的问话逗乐了，插嘴道："你怎么不问她有没有狗和猫。"听到狗和猫这两个词时，老人猛地坐直身体，拼命点头。她安抚了一下老人，命其回到原座位，又叹了一声："怎么办？"

这时丹的车已驶离小岛，重返养老院需要一个多钟头，两个人商议了一下，决定在前方路口停下，找交警说个明白。中途，她们又讨论了一些别的方案，比如说给老人送一把伞，让其在公交站亭下车，但说完，又觉得不妥，万一老人冲到马路上被撞死，这责任谁负呢。两人说了一会儿又开始互相埋怨，她斥责丹的冲动，丹反问道："你有没有想过，万一今天站在路中央淋雨的，是七十岁时的你呢？"

雨虽然没有淋到她身上，她却觉得浑身湿透了。南方的湿是一种武器，无色无味，通过毛孔，钻入人的身体、肺腑，水从内部朝外部蔓延，人永远也摆脱不了那种处境。经过刚才的一番争执，她觉得自己成了一座水牢，汗珠在皮肤表面爬来爬去，水把她囚了起来。

电话响了起来。

"哎，喂，喂，是林女士吗？我们回来了，你在哪儿啊？"

是楼上的那对夫妻，距离早晨打电话给他们已过了整整四个小时，她计算了一下，这会儿对方已经吃完了饭，也把孩子哄睡下了，才终于想起了她这个"受害者"。她在电话这头说自己现在有事，暂时回不去，问对方能不能明天再约时间解决。对方讲，明天哦，明天要陪孩子去别的地方，没有时间。继那次在浴室跌倒后，她还摔过一次，地点是在厨房，起因就是楼上漏下来的那摊水，当时她很愤怒地发了一大堆信息给对方，讲述她一个人如果在家里跌倒晕倒没人发现后果会不堪设想，对方看完就回复了一个字"哦"。后来她从好事的邻居口里得知，这对夫妻曾暗讽她单身，说其活该摔倒，家里多个人的话，事情不就解决了吗？

"这些人怎么那么恶心？"听完她的转述，丹又说道，"下次找个时间好好收拾收拾他们。把他们曝光到网上。"

"恶心……"后座的老人拉长尾调，复述了这两个字，骇了她们一跳。

"或许这个世界就很恶心。"她脑子里突然冒出了这个念头。前方，一座巨蛋形建筑物若隐若现。她指着那个地方说："我记得前面好像有个美术馆。"

"美术馆？"

因为没有孩子，又独居少友，她的周末通常分为两半，一半给写作，一半则分给美术馆图书馆和剧院。半个月前，她曾独自去看过一个展览，展览名为《万物与虚无》，来自一个叫兰登国际的组织。展览中人气最旺的是一个叫"雨屋"的装置艺术，雨屋设在馆中一个一百平左右的昏暗房间里。屋内，雨水终日不断，一旦人踏进雨屋，就仿若置身雨中，但无论走到哪里，都不会被淋湿。

她想把老人送进雨屋里，然后趁乱逃走。把老人留在美术馆，最后就可以让美术馆来解决一切，安全又稳妥。丹听完之后，颇认可这个设想。五分钟后，她们把车开到了美术馆的停车场内。她搀扶着老人下车，老人看着她，报以微笑，她低下头，避过了老人的目光。丹在车上坐着说，等她回来。她点点头说，很快。

乘电梯到美术馆主展厅只需要三分钟不到而已，她却觉得无比漫长，像缩在褶皱里的时间突然被拉平。她买了票，扶着老人进入展厅之中。在展厅中央，一团没有边界的棉花状物体悬浮其间，在更旁边一些的地方，是一个黑色的屋子，那正是她们要进入的雨屋。

"帮我们拍张照片可以吗？"一对年轻情侣凑过来说，"就随便拍一张就行。"她还来不及拒绝，女孩就把手机交到了她手中，迫于无奈，她后退两步，开始了拍摄工作——年轻恋人相偎在一起，背后是巨大的屏幕，那屏幕上不断闪现着花草树木星空虫蚁，有时又一无所有，只有一片凄恍昏黄。她试图捕捉一个更好的背景图，但怎么拍都拍不出来。

"好了吗？"

"好了。"她勉强拍了三张，把手机递还给女孩。女孩看了一眼她说："我也来帮你和你妈妈拍一张吧。"她连续摆手，说："不，不，她不是……"话堵在喉咙中央，又缩了回去，这老人不是她母亲，也不是她的老师，只是一个完完全全的陌生人罢了。

她搀扶着老人，步入雨屋，昏暗灯光中，看不清具体人脸，每个人都在暗影中做着夸张动作，间或有手机闪光灯的照耀，如流星，一划而过。她把老人领到雨屋中央，拉着老人冰凉干枯的手，闭目站了一会儿——什么感觉也没有，只觉得热气在脸上拍打，她睁开眼，雨就像箭矢一样冲了过来。但雨打不到她的身上，她看得见雨、暴风、雷电、洪水，这些东西暂时都不会真切地击打到她身上，但她看得见它们，她的心里已经住着一个雨屋。

　　又站了一会儿，她撒开老人的手，穿过人群，悄然离去。离开时，老人没有言语，这让她感到满意，一切进行得隐秘而快速，没人会发现这一切。为免被监控拍到脸，她全程都用帽子半遮住脸。

　　丹靠在座椅上，闭目假寐。她回到车上，坐在老人刚才坐的地方，垫子上还有些湿，她挪动了一下位置说："都办好了。"丹说："办好了就好，雨也停了。"汽车再次启动，她如释重负，但坐了一会儿后，她突然发现脚下有一张小卡片。她弯腰，拾起卡片，发现那是一张身份证，身份证是刚才那位老人的，上面写着老人的出生年月日和名字。她对着那名字看了半天，反复重复着。丹问她，在干什么，为什么老是重复自己的名字，她一瞬间思路混乱，是啊，为什么呢，为什么她会和这个老人拥有同样的姓和名？

　　车驶出停车场，再次来到户外，天上又落起了雨，她的心情也被淋湿了，她想起许多场景——森林、湖泊、流血的浴缸、发霉的窗户、一个女人独自在客厅跳舞。她清楚地知道，她暂时是安全的，雨被车窗玻璃隔绝了，可她分明又能看到那近在咫尺的雨，总有一天要落在她身上。

困鲸

1

那头四条腿的鲸鱼频繁在她梦中走来走去。

每当她试图捕捞巨鲸时，闹钟总会率先将她从梦境中捕捞出来。她摁下闹钟，穿衣起床，计算新的一天该如何开始。然后照例去马桶上坐着，坐也坐不出什么，像她余下的人生，完全没有任何期待，即使侥幸拉出来，也是一堆臭意轰鼻的排泄物。她站起身，朝脸上喂两口水，再用洗面奶在脸上画圈圈，最后涂上昂贵精华液及防晒霜，如此一切，算是宣告她在努力维持一个人的姿态。

她拉开衣柜门，想挑选一件泳装，之前买过件粉色款，肩上缀有蝴蝶结，但丈夫笑她都四十多岁的人了，为什么还要佯装少女。她气极，将粉红泳衣撕成两半，然后买来一些灰黑白泳衣填塞衣柜，那些暮气沉沉的衣服缀在她暮气沉沉的身体上，老实说，还蛮配的。

夏天来临时，她报了成人游泳课，老师是一个年轻小伙，小她二十岁以上。她看见老师的眼，像看见筐内的草莓，那些草莓浸了水，每个毛孔都散发青春味道，一种她再也无法蚕食的味道。她已经上了四节课了，老师从换气教到泳姿，她却还停留在爬行阶段。她总是坐在泳池边，将充气游泳圈紧贴腹部。这时老师就会游过来，用手指戳戳她的腿，问她为何消极厌学，她甩甩脑袋，握住喉咙，做出一个呕吐姿势，告诉老师："我喘不过气。"

这并非她第一次学游泳，早在小学五年级时，她就随父亲步入过游泳场。父亲是游泳健将，曾横渡长江多次，她却完全没有遗传到那份泳者基因。每次将她扔入水中，就好像鱼入沸锅，她会不停摇摆尾巴，挣扎求生。屡次教学未果后，父亲卸了她的救生衣及游泳圈，逼她匿入水下闭气，她在水下待了一会儿，感觉被一整个世界抛弃，很快就浮出水面，并开始放声大哭。父亲摸了摸她的脑袋，哀叹一声道："万一我哪天死了，你怎么办？"她完全不明白游泳和父亲之死有何必然联系，就像她不知道丈夫为何逼她学游泳，那些话像刺一样长在她五脏六腑上——"你

222

都四十岁了，居然还不会游泳"。她反驳道："有的人一辈子不会骑自行车，不是照样活得好好的。"

"那你要做一个一辈子不会游泳的人吗？"

丈夫的话像海洋鱼类的叫声，在游泳馆上空久久盘旋。她望着蔚蓝色的池水，不知如何下脚。正前方，一个白胖女人对着众人说："每个人生来都会游泳。"她转身欲走，那女人的目光却如锐利鱼叉将她钉死在水池边："你还没生过孩子吧？你要是生过孩子，你就会懂，孩子每天都在妈妈子宫里游泳。"

她开始打量那个白胖女人，像打量超市里码放整齐的肉类，唯一区别是没有保鲜膜。她敏锐注意到那女人肚皮上有妊娠纹，这些龟裂花纹是身为人母的证明。她时常觉得生育如一场地震，地壳移动，女人身体内暴发山洪与海啸，有什么汹涌力量破土而出，最后楼崩地裂，而那些妊娠纹就像地震后的地面一样——布满了绽开的、无法愈合的裂痕。

那白胖女人比她还晚来两节课，但悟性极高，学得很快，已经可以自由出入水中了。她相形见绌，不敢在水中徘徊，于是罚自己坐在池边发呆。很快，老师捕捉到了她，年轻男人鱼一样游过来，用那种透亮透亮的目光望着她问："今天怎么了，不舒服？"她眼眶红红，不得已说出自己恐怕根本学不会游泳这件事，老师又问："怎么会学不会？我教到你会为止。"她摇摇头，意识到自己不是不会游泳，而是怕死，单纯的怕死。

"有我在，死不了的。"

像学生时代收到暗恋者的情书，她早已入土的少女心死灰复燃，只要对方勾勾手，她马上就可以跃入陷阱，在里头转着圈圈跳舞。

她决定再次下水。

老师候在不远处，肩与胸如厚实城墙，似乎在帮她抵御外敌入侵。她甩甩脑袋，浸入水中，所有的欢笑、哭闹、争吵都随之远去，只有老师的话透过碧蓝池水隐隐传来："对，稳住，憋气，不要怕。"她还是怕了，呛了一大口水后，她再度浮出水面，满怀歉意说："对不起，还是不行。"不远处，那白胖女人已经从蛙泳换成了自由泳，周遭人群正在拍手喝彩。

她忽然意识到，对方是不怕死的，是经历过鬼门关的人。在三十岁出头踟蹰于丁克与否时，她曾无数次想象过那画面——全身洗净，剃掉阴毛，被一群根本不认识的人推进产房，护士会说用力，医生会说加油，而至亲全被阻在门外，中间有可能突发急症或大出血，而手术钳和决定权都掌握在上帝手中，纯粹的赌命游戏。但那白胖女人熬过来了，妊娠纹成了功勋章，从此以后，只要笃信"为母则刚"，那么所有难关都能挨过去。

"老师，我今天有点事，可不可以先走？"

她决定逃离泳池，逃离这个充满欢声和笑语的世界。老师在水中，歪着脑袋看她，笑意盈盈说："那记得下次还要来哦。"这甜腻模样，难免让她想起小时候在理发店遇到的发型师，那些从小地方来到大城市的稚拙少年，用水清洗她的一头乌发，总不忘提醒："下次要再来哦。"

2

离开游泳馆后，她无处可去，打算去看看小姑。小姑住在医院，是癌症晚期，请了护工照顾。医生讲，这种病，病入膏肓，快则三个月，慢就一年，病人心情好就能活得久点，医生帮不上什么忙，家人也帮不上什么忙，全看个人。

医院门前新修了喷水池，池水清澈，比游泳馆内干净许多，几条红色锦鲤在池中游来游去，生机勃勃的样子。一个小男孩正在水边玩，他手握小石子，朝水里击打，似乎在追击那些幼小而可怜的鱼类。她看不过眼，下意识去阻拦，孩子的母亲却一跃上前说："关你什么事，这又不犯法。"她白了对方一眼，不想再争执下去，绕过池边时，忽然发现草丛中匿着一只猫，是一只三花猫，正虎视眈眈注视着池内的鲤鱼。

儿时她和小姑最为要好。小姑是大商场会计，会算账，人精明，早早就买了个小户型，独居在市中心。小姑微胖，长得不美，一直待字闺中，久而久之，就成了老姑娘。但小姑想得开，从不哭闹，她讲，和男人一起，还不如和猫一起。别人养孩子，小姑养猫。

　　刚步入医院大楼，就被浓重的消毒药水味熏倒，她快步步入病室。小姑见她来到，脸上绽出一朵花："小黄，你来了啊。"小黄不是她的名字，她大名小名及外号都和"小黄"二字无关，小黄是小姑之前最爱的橘猫。三个月前，小黄已经去世，是自然死亡，猫的寿命毕竟只有十余年，她亲手将小黄掩埋，并没有将实情告知小姑。

　　在频繁化疗期间，小姑已经神志不清，错把她当成一只猫。这也没什么，无非是在聊天间隙叫几声"喵喵喵"。她近来染了金褐色头发，看起来更像一只猫了。窗外，那只三花猫不晓得从哪个地方蹿了上来，正扑在对面屋顶朝她喵喵叫。

　　小姑早已瘦脱了相，如一根鱼骨，以扭曲姿态摆在病床上。她走过去，坐在病床前给小姑削苹果，削完后，递到手里，但小姑根本没有力气拿。她突然有些想哭，又觉得非常做作，猫不会轻易哭的，又不是踩中肉垫。每个人都会死，或早或晚，这不是什么稀奇事。

学生时代，她一直视小姑为偶像，而小姑，作为一个大龄未婚未育女性，总是走在潮流尖端。当母亲和她那些同辈闺蜜缠绕在升学和丈夫的话题里时，小姑去买时髦衣服，买好看的口红，甚至和她一起，爱上某个明星，为偶像而尖叫。自那时起，她开始明白，只要不结婚，不生育，年龄是可以被冻住的，是不必如母亲一样，变成某人的糟糠妻子的。

但那样聪明、前卫的小姑现在像一条被滚刀折磨过的鱼，正躺在病榻上昏迷。她放下刀，把病床前的小镜子倒置搁下。她不想照镜子，她怕镜子里的她，有小姑的脸，也怕她们在某个神秘时间段共享了同一种命运。小姑不能死，小姑死后，她就是青鸾舞镜，总有一天要孤独而死。她们这个曾经繁盛的家族正在走向衰落，并肩同行者越来越少，如今，在这座大树下，只有两片叶子，她和小姑，相依为命。小姑没有子嗣，她也没有。她们自由了，这株大树也快要倒下了。

窗外，冷风阵阵，大树跟着颤抖。护士走进来让她关窗，并告诉她，暴雨将至，不如在医院多待一会儿，免得出去淋雨。她连忙称是，然后起身，关上窗。关窗后，病房格外幽暗，如密不透风的笼子。她打开灯，又顺手打开电视机，希望电视机里的嘈杂人声可以让气氛热闹些。

连日来，她一直开灯、开电视机睡觉。灯光温暖，电视嘈杂，总让她有置身人群的错觉。她在新闻的各色人声中睡着，梦里走马灯似的播放电视里的剧情，有时是家庭不睦，有时是战场硝烟，有时是前朝梦忆……但醒来后，一切都消失了，吵架的餐桌、战场的兵盾、皇帝的帷幕……一切一切皆尽消失，唯余她自己。

"距今约五千万年，海洋中第一次有了哺乳动物，即古蜥鲸，它是一种半陆生、半海生的动物……"主持人温和沉静的嗓音将她扯回现实，看到屏幕里一只四足大老鼠正在水下穿行。那是鲸吗？那是五千万年前的鲸类吗？原来鲸真的有四条腿吗？

据说鲸是最早投入海洋怀抱的哺乳动物，但自此之后，鲸类再也无法返回陆地。每当鲸产生重返陆地的心思，必定要搁浅死亡。

"哎！"

几乎是同一时间，电视里的鲸鱼发出叫声，小姑也发出叫声，两种声音，音调与频率不同，但都是垂死挣扎的表现。电视里，鲸在海滩上反复挣扎，用尾巴拍打水面。

对于鲸"自杀"搁浅的行为，坊间众说纷纭。有一种说法是，鲸由陆生祖先进化而来，在漫长的演变过程中，鲸的祖先有过水陆两栖生活，当它们在水中遭逢不测时，则习惯性逃上陆地，寻找安全地带，但它们早已忘记自己被陆地遗弃的事实，只能等死。

　　护士再次走进来，这一次是为了视察点滴瓶内药水的情况。护士指了指瓶子说："你要注意一点儿。"她茫然点点头。护士悄声在她耳边说："你也没生孩子吧？要定期检查身体哦。"年轻护士的话里暗藏微妙机关，她知道对方的意思是什么。这些年来，人们在小姑背后风言风语，说小姑养多了猫，生不出孩子，所以嫁不出去。更可怕的是，小姑的病让人们的猜测成了确凿事实——人们说，子宫里不长孩子，就长瘤子。

3

　　回到家中时，已是深夜。客厅灯一直亮着，正对门廊处，丈夫的遗像稳稳坐在书架上。丈夫生前嗜书如命，每天夜里都要看书，一边看，还一边念给她听。那时他们也憧憬过晚年，两个人虽膝下无子，但彼此搀扶，无论是去国外旅游，抑或一起去养老院，总强过那些吵翻天的俗世夫妻。

　　三十岁后，他们每月定期往某张银行卡内存钱，丈夫讲，既然没有把钱浪费在育儿一事上，那么不如存起来作为养老备用金。现在这张卡正平稳躺在卧室抽屉内。在丈夫葬礼上，人们礼节性劝她节哀，但没过几天便开始替她介绍对象。但也不是什么正经对象，都是上了年纪的鳏夫，那些男人并不想付出什么真情，只想找个稍年轻的女人照顾自己而已。

丈夫去世后，她独居在这八十平的房子内，父母已经去世，这个和她没有血脉关系的男人也已经离世，她终于做了那个万分之一的不幸儿，这概率低到如同中彩票，她果然也在丈夫死后，日日去买彩票，用以麻痹身心，但一次也没中过。

夏天来临后，她身体机能彻底衰退，每天待在空调房内，麻痹度日。那天在商场晃悠时，一个眼神亮亮的年轻男子忽然朝她手里塞了一张游泳馆传单，于是她就捏着那张传单步入了游泳池。过去每年夏天，丈夫总怂恿她去海边度假，她一再推脱，讲自己不会游泳更不会潜水，身材又不好，干吗要去海边丢人？如今，她连这个丢人的机会都失去了。

夜里，她独自躺在床榻上，昏黄灯光照在脸上。她每天都要吃安眠药，然后在药力威慑下昏昏沉沉睡去，那些梦仿佛是浸过奇异的化学元素，总是光怪陆离。其中一次，她梦见自己变成一头巨鲸，搁浅在某深山老林中，鲸没有死，而是化为一座低矮的山，山中开有一个狭小洞穴，她看见那年轻的游泳老师赤身裸体在洞穴中游来游去……

再次返回游泳馆时，同期入学的人几乎全部出师了，唯有她，还留在老师身边，像丢了洋娃娃的小女孩。老师过来逗她，喊她姐姐，"姐姐"两个字游进她的毛孔，让早已呆滞如雕像的她回过魂来。

"其实游泳很简单啊，最重要的就是不要怕。我小的时候，鞋子被人丢进河里，我就跑去找鞋子，然后就学会游泳了，不过当时用的是狗刨式。"老师又在想办法安慰她，鼓励她。她把岸边游泳圈套到身上，对老师说："我去深水区试试。"

过去，她从来不敢在深水区逗留，只敢闷在浅水区缓缓移动。浅水区人多腿杂，她不是碰到这个，就是碰到那个，还有一些初来游泳馆的小孩，几乎第一次入水就能灵活游动。为了避开这些人群，她决定去深水区试试。

她避过老师的眼睛，偷偷溜进深水区。为了彻底学会游泳，她卸下了泳圈。跃入水中那刻，如高台蹦极，她投向了一个未知世界，但并不知道那个世界是否欢迎她。跃入水中后，她不断尝试着老师教的闭气……可根本缓不过气来。像有人拽着她下沉，她越是挣扎求生，就落水越深。

泡在水中，生死未卜那刻，她忽然看见了亡夫。他站在马路中央，朝她伸出手，她想快步冲上去，给他一个拥抱，但一辆大车疾驰而来，将他们撞向了世界的另一端。

"夏姐，夏姐，你醒醒。"

再次睁开眼时，室内光线变得格外刺眼，在她面前，所有人围成一圈望着她，年轻的游泳老师正双手交叠按在她干瘪的胸脯上。她挣扎坐起身，意识到自己溺水了，也意识到老师给她做了人工呼吸。

"对不起。"她向众人道歉。

缓过神来后，人群很快散开，唯余年轻的游泳老师坐在旁边看着她。老师说他是打暑期工，九月份学校开学后，他就要回校上课。末了，年轻的男人忽然望着她问："夏姐，我想拜托你一些事，你后天有空跟我在咖啡馆见吗？"

她来不及问什么事，只是茫然地点点头，面对救命恩人，她说不出一个"不"字。她几乎怀疑这个小男孩是上帝派来拯救她的天使，在她孤独无依时，给她一个虚假的安慰。

4

他们如约在鲸鱼咖啡馆见面。咖啡馆坐落在市区内新修的海洋世界旁边，据说是近来颇受年轻人欢迎的场所，一席难求。她来得较早，选了一个靠近玻璃墙的位置，玻璃墙后，鲸鱼正在游来游去。

来之前，她使出了浑身解数，精心打扮。像第一次和丈夫约会般，怀着忐忑不安的心情，焦迫等待着。等了约一刻钟后，她发现一红一蓝两个身影钻进了咖啡馆，着红色上衣的是老师，着蓝色长裙的是一个陌生年轻女子。

"夏姐，我来给你介绍一下，这是我女朋友，她最近在做一个研究报告。"老师介绍她与年轻女子认识。在女孩青春而阳光的面庞下，她感觉脸上的粉啊彩啊什么都挂不住了，像糊掉的墙。她勉强笑着，那女孩简直明艳动人，和之前丈夫身边的女学生一模一样。她陡然记起数月前，也是在咖啡馆，她看见丈夫和一个年轻女子肩并肩，有说有笑经过咖啡馆前。她很快冲出去，尾随其后，待年轻女子走后，她和丈夫在大街中央发生了激烈争执，她不相信他了，不相信一个中年男人对发妻的感情了。她质问他是不是和女学生有什么。男人在马路中央费力辩解着。两个人一路走，一路吵，男人走在前面，她就在后面。就当她打算说出"离婚"两个字时，一辆大卡车从前方杀出，将丈夫撞倒在路中央。

"夏姐，我想做一篇有关丁克的选题稿件。听到小大说您就是丁克，所以我想借此机会来采访您一下。"年轻女人见她一动不动，又继续补充，"夏姐，我特羡慕您这种人，活得特别洒脱……看到您，就觉得您特别年轻。"

她麻木地听着女学生的话，眼睛却完全放在别的地方——她看见那头巨鲸正在顽固地撞击着玻璃墙，一下，两下，三下。咖啡馆里传来沉重的回音，但四周的人们都沉浸在自己的世界中，完全没有人注意到这头鲸鱼的异动。

　　谁会关心这头鲸鱼呢？它只是咖啡馆里的装饰物而已。

　　四下，五下，六下……她为那头鲸鱼数着拍子，数到九时，玻璃窗被震得粉碎，水倾泻出来，咖啡香气被海水的腥气完全掩盖。她忽然觉得自己置身在太平洋、大西洋、印度洋，或随便哪片海域里，而那头曾困在玻璃墙内的鲸鱼似乎已经游到了宇宙的中心，并继续朝宇宙腹地游去。

巴别巴马

　　电视开着，发出沙沙响声，屏幕内，男主持模仿着鸵鸟动作穿过舞台，邻床的小孩因其滑稽动作而大笑出声。刘放皱眉，把手指放在唇边，示意对方安静。

　　妻躺在病榻上，两颊消瘦，面目安详。他转过身，窥见镜子内的自己——脸也瘦得凹下去了，前天有同事来看他，问怎么瘦成这样，他只是笑笑说没事，瘦一点儿不好吗，这样就不用减肥了。

　　窗户紧闭。屋外，沙尘暴正在肆虐，刘放望向远方，远方一片荒芜，他把那里想象成沙漠，而自己是把头埋在沙子里的鸵鸟。鸵鸟，这是他学生时代的外号，因为眼睛外凸、脖颈颀长、跑步八字脚，同学们常那样笑他。他不喜欢这个外号，因为鸵鸟把头埋进去的原因是懦弱，是假装对危险视而不见。

直到大学的某节兴趣课里，他才了解到，鸵鸟将头埋进沙中并非为了躲避敌人，而是为了尽享天伦之乐。当鸵鸟拥有一个属于自己的家庭时，它们就会挖一个直径七英尺左右的大洞，将生下的蛋埋在地下，由鸵鸟父母轮流坐在蛋上保护尚未出世的幼鸟，直到它们准备孵化。这期间，鸵鸟父母每天都会把头探进地下调整鸵鸟蛋的位置，直到调至满意状态。

　　刘放对这个说法半信半疑，但无可否认的是，自从有了自己的家庭，他开始贪生怕死。他本就是敏感之人，待女儿降生后，他更是陷入了对疾病与死亡的持续焦虑之中。在研究院的同学常打趣说，你都有了女儿还怕什么死亡呢？你应该做的是培养她，让她好好传承自己的基因。每次说到这里，刘放都说，可是父母终究不能陪孩子一生，不是吗？

　　他没想到妻会以这种方式来证实他的预想。在女儿十岁那年，某次体检中，妻查出乳腺癌，但并未到不可医治的阶段，最后的办法是削去双乳，阻止癌细胞的蔓延。那一次灾难来临时，他以为洪水要冲垮自己好不容易维系的小家，没想到命运的双手终究还是从中抽离，给他留下了一个完满的结果——自那次之后，他和妻愈加恩爱，他们被称为共同经历过死亡的人，就像在大地震中依偎在一起的人，在重获新生后自然会感谢上天的开恩。

就那样平稳度过了十年，他以为妻的癌细胞已完全撤军，可没想到第二次卷土重来时居然连进攻号角都没有吹响。那几天，妻称小腹隐痛，去医院查时才发现已出现腹水，癌细胞忽然在子宫内扩散开来。听到结果时，他在医院内握紧了妻的手，他猜想有了第一次的胜利经验，第二次想必也能安然度过，但他想错了。

妻在一天天坏掉，像一个腐烂的水果，无论如何重新防腐、点缀、冷冻保温，都无法抵消自内而外的溃烂。他也在一天天坏掉，是脑子在坏掉，因为他完全不知道如何面对接下来的人生。

每天妻躺下后，是他仅有的解放时间，他会嘱托护士和邻床帮忙看顾妻子，他则独自下楼游荡，但是不出医院，而是觅一条新鲜小路而去。那路是他一人发现的，由荒草堆叠起来。他把荒草移开，向深处走去，以为前方会有什么有趣的东西，却没想到是一大片废墟，一幢又一幢无人居住的空房子——房屋内壁因潮湿而生满青苔，像病人溃烂的器官，他独自在里面走着，以为走向了自己的某种命运。

他就这样隔天来这里一次。某一天，刚下过雨，他又独自走到了这条小路上，在废墟入口，发现了一只万花筒。他把万花筒拾起来，用纸巾拭净，又放在眼睛前看了看，里面是一片紫红色的复杂世界，太好看了，真有意思，他想起小时候第一次玩万花筒，他迷醉于其中的亭台楼阁，第一次有了航向远方的梦想。他把万花筒放进口袋里，希望能带回去给妻瞧一瞧——对于一个濒临死亡的人而言，最重要的就是看见希望，哪怕是海市蜃楼呢？

回到病房，他兴奋地将万花筒交到妻手中，她接过去放在眼睛旁看了看，摇着头："什么都没有啊？"什么都没有？他说不可能啊，他再次拿起万花筒，这一次，颇为恐怖，他看见了一些像癌细胞的影像，那些可怖的东西正在以几何倍数增加。

"让我再看看？"妻说。

"别看了，是我搞错了，这个万花筒是坏的。"

他每周回家一次，不是为了休息，只是要从家里往医院搬东西而已。他不知道妻要在医院住多久，也不知道是否还能安然无恙地返回那个家。刚开始住院时，他特意瞒着邻里，趁清晨朦胧时携妻离开家中，但传闻还是在同事间弥漫开来。谁让他就住在学校隔壁的教师宿舍呢。这么多年来，有点钱的都已经搬走了，有人甚至在郊区购置别墅豪宅，只有他，还这样蜗居在结婚时分来的便宜楼房中。女儿一直很嫌弃这间屋子，因冬天没有暖气，她不太喜欢回家过寒假，好几次说自己在欧洲旅游，今年不回来了。那时他颇有些生气，觉得自己已经被那小家伙抛弃了，但妻总安慰他说，女儿大了嘛。

女儿一向学习很好，高中毕业后保送复旦，读完大学又考取了美国的研究生，他一度为此高兴不已。但当女儿真的离开他的羽翼后，他这才发现鸟的内部已经逐渐腐烂了，衰老侵袭了他——先是家族遗传的秃顶，像一阵龙卷风，掀走他头顶毛发，后来他又犯过一次肾结石，痛到打滚，手术后醒来，第一次产生了劫后余生的感觉。

　　妻说，病的事，先瞒住女儿，她学业紧张，不要给其增添麻烦，他点头同意。是了，他和妻的生命都在渐渐走向枯萎，即使再熬个三十年、五十年，总还是要先一步离开人世的，而女儿呢，女儿需要一个更好的前程为她护航。

　　"呼。"他坐在躺椅上，长吁一口气。躺椅是从家里搬来的，被他改造成了一张简易的小床，白天他把椅子立起来，晚上，则尽量平摊成床。就这样，一夜一夜，他在医院里伴着妻，每晚都睡不踏实，总是被可怕的梦魇吓醒，醒来后，握住妻的手，她的手冰凉如铁，他想找个什么东西温暖一下，发现自己的手也是一样冰凉如铁。

　　天气逐渐转凉，妻嘱他回家拿些御寒衣物和被褥过来，他点点头，独自返回了那个形同废墟的家。

　　他不擅家务，自妻病后，家里就再也没人收拾过，连脏衣服都叠成一箩筐堆在墙角。他有时会开始憎恨自己，恨自己为何除了读书什么也不会，既不通晓人情世故，又不擅料理家务，更无任何生活情趣。妻这样跟着他，是为了什么呢？

刚走到楼下时，他看见一片一片的盆火，临近七月半，街上到处都是烧钱纸的人，往常这时候，他也会和妻一起出来给家里过世的老人烧钱纸。七月风大，每次烧着烧着，带火的钱纸都盘旋上天，他总是很害怕那些火星落在易燃物上，导致大面积火灾。

不怕，不怕，这是祖先保佑。妻看见这种情况总是乐观地说，纸钱飘起来证明祖先听到了你说的话。说的什么话呢？他讷于言语，这些年说得最多的也是菩萨保佑，保我一家健健康康，但菩萨听到没有呢？恐怕是没听到，菩萨每天要听那么多唠叨求助，哪里帮得过来呢？

他低着头，独自走上楼梯，楼道狭窄，跟一个男人撞了个满怀。"哟，是老刘啊，这几天跑哪里去了，我还以为你和你老婆去马尔代夫旅游了。"他扶了扶眼镜，不便发怒。说话的人叫吴正，女儿一家在新加坡，恐怕他是刚从国外回来，不了解刘放家中情况才说出这种话。他想，对啊，他本来也是可以抽空带老婆去马尔代夫旅游，去新加坡吃美食的，但现在什么都没了，马尔代夫的机票被癌细胞吞掉了，新加坡的高楼也被癌细胞吞掉了，剩下的只有那个窘迫的自己。

"不，不是的，我们家老许住院了。"他为了避免对方再一惊一乍惊扰楼内邻里，先其一步将整件事和盘托出。吴正听完后说："我记得协和的张大夫是这方面专家，你们不是大学同学吗？问问他有没有办法？"

他努力在脑中检索有关张驰的事情，只是依稀记得，对方是医学院的，而他是学天体物理的，两个人曾在篮球场上交过手，他把对方撞倒过，除此之外再无别的记忆。这些年同学聚会，他甚少出面，去干什么呢，去做花瓶都不行，花瓶至少还有好看的外表，他大概只是个秃头老怪吧？他摸了摸头顶日趋油腻的假发，对吴正说："哎，哎，是的，我怎么给忘记了呢？"

和吴正作别后，他终于遁入家中。家里已经有些腐烂味道，原来是厨房的垃圾忘记扔。他打开灯，把垃圾袋拧个结封好，然后洗了手，步入卧室，开始翻找御寒衣物。和大部分中国家庭一样，他和妻把结婚照摆在床头正中央。妻嫁给他时才二十四岁，不算大美女，但有些读书人的斯文气质。他喜欢读书的人，喜欢他们俩坐在公园长椅上念诗，那都是上世纪八十年代的事情了，妻着一条藏蓝色连衣裙，戴着细银丝眼镜，他着白色衬衣，也戴着细银丝眼镜。在他们脚边不远处，鸳鸯正成双成对在湖面上游弋。

他时常会感叹八十年代的时光，那时没有地铁，没有高楼大厦，没有微信，没有那么多新奇的事物，但时光因此而变得很慢。后来他也想过，或许并非八十年代令人快慰，真正安抚人心的是青春，是他穿着破拖鞋上学，也不觉得生活苦痛沉重的时光。

都是过去的事情了。

他打开窗户，坐在客厅沙发上，打开电视机。电视里，某频道正在直播一款养生产品，舞台正中央，穿白大褂的假医生正滔滔不绝兜售着自己的伪养生学，他看了看，看进白大褂里，那是一片茫茫白雾。他本有机会去医学院念书的，但最终还是选择了物理，他无法忘却对宇宙和星体的爱。他有时会怀疑，自己能参透量子物理，能解释薛定谔的猫，就是无法解释，为何这个世界的自己，会过成这个样子。

容不得细想，下午三点，妻还要挂水，他得守着床。

医院停车场停满了车，不得已，他开到隔壁商场，这下可就吃亏了，必须一个人驮着大包袱走十分钟到医院。一开始，还不太喘，但走了两步，竟有些上气不接下气。无奈之下，他把包袱卸下来，在街边站了站，这一站就被人钻了空子。

"叔，看房子吗，叔？"

刘放转头望去，说话的是一个穿黑色紧身西裤、白色衬衣的年轻男人，那人长得太像地产销售了，穿的简直不是衣服，而是一个又一个楼盘似的。他拔腿欲走，没想到年轻男人追上来说："我帮你拎吧。"还没等他回口拒绝，年轻人已经把东西放在自己肩上了。他不得已，只好一边喊"不用，不用"，一边跟着朝前行进。

"我们啊，我们这房子特别好，在广西，长寿之乡——巴马，巴马您听说过吗？"

"巴马，什么巴马，是巴拿马还是奥巴马？"刘放一头雾水。

男人把宣传单页交到他手中，只见上面写着——"巴马，长寿之乡。在这里，实现你的百岁梦想。"刘放这才知道，巴马是广西的一个瑶族自治县，因空气清新、水质好、磁场佳，被人称为养生圣地，平均每十万人中就有三十一位百岁老人。近年来，一部分肿瘤晚期病人聚集在巴马盘阳河畔休养生息，试图治愈自己的疾病，也的确有人成功存活了下来。

"嚯，难怪在医院门口做广告。"刘放把宣传单还给那个男人，又把包袱抢过来说："不需要了，我没这个钱。"男人穷追不舍说："叔，看看吧，看看，多好的房子啊，这么便宜。"刘放被动接收了单页上的那幅图——画面上，一座玻璃巨塔高耸入云，一瞥便知是夸张绘图。他不知道那座塔究竟要通往哪儿，难道真的会通到天堂吗？

"不买会后悔的！"男人诅咒般地嘟囔了一句，刘放没有回头，继续朝医院而去。

到了病房后，刘放把东西一一拿出来，妻躺在病床上，像一条冻过的鱼。他特意过去暖她的手，她也勉力笑笑，把水推到他面前说："歇歇吧，喝口水。"歇？他不想歇，许多念头像缠裹在一起的风筝线，即使他知道最终会通往完全不同的结局，但没法确定究竟哪个更好，有的风筝会坠入大海，有的风筝会冲上云霄，谁说得清楚呢？

刘放打算去求张驰，这是唯一的希望，也有朋友告诉他可以试试去美国治疗，说你的女儿不正好在美国留学吗？他摇摇头，苦笑不语，大部分人高估了一个普通大学教授的工资。他不是暴发户，更不是拆迁户，手头匀不出太多治疗费用，这家普通的三甲医院就已经很耗钱了。他捏捏妻的手，那纤细的手因斑驳针孔而肿胀，青筋暴突。尽管这些不是他造成的，但不知为何，还是令他颇为愧疚。他本可以救她的，某年院内有海外交流机会，他本可申报，但那时女儿正在初中升高中的关键期，他想，一辈子留在这座城市也没什么不好，于是主动放弃了一个好的机会。从此之后，职业生涯就逐渐开始滑坡，以至于到了这个年纪，除了老实等待退休，没有更好的念想。

"小张，你还记得吧，前几年说想把他女儿搞到我们学校的，问我有没有办法，我说没有，然后他就把女儿送出国了，现在和我们家小敏在一个城市。"

"哦，我记得的，张驰吧，他现在是不是在协和呢？"妻以为他是随便拉拉家常，于是也随意地应和着，而刘放的思绪早已飘到了遥远的过去与遥远的未来。活到这个年纪,他忽然顿悟，过去看似平常的决断，终于会在一天汇成一条绳子，这绳子替命运当刽子手，将他缚在了高台上。他"唉"了一声，转身站起，准备出去走走。

他不会抽烟，不喜喝酒，日常自我排遣的手段是修表。一只只的表，或浸泡过水，或生了锈，或干脆就莫名停走，他总会在妻女睡下后，自己偷偷躲到书房角落，拧开一盏台灯，用凸起的眼珠衔着半块放大镜去研究那些小小的机械生灵——每次那些表重新走起来时，他就会像个成功治愈患者的大夫一样，对自己所做的一切有了骄傲感。

时间，他能让时间重新转动起来。

他望向床榻上的妻，妻的钟表越走越快，像一个拔腿狂奔的小人，正不顾一切奔向终点。他明白一定是哪里的螺丝零件出了问题，可对这种问题，他束手无策。

医院警告他要迅速做出决定，是选择化疗还是回家等死。他问化疗的存活概率有多大，医生说无法预测，视患者身体素质而定。他又问，那回家呢？回家？回家也不清楚能活多久，但不用承受那么大的痛苦。

"回去吧，要不我们回去吧。"妻用冰凉的手握住他的手腕说，"在这里待着也没用。"

"你别瞎想，先好好休息，我出去转转。"刘放将妻的手掖回被中，自己负手离开了病房。

其实他也不知道要去哪儿，他一向是个缺乏主见的人。父母让他考试，他就考；老师让他留校任职，他就留校；到了年纪，该结婚了，他就找个女孩结婚。他一直是被动的，像一个没有手脚的静物，并未习得主动选择的技能。刘放在走廊窗口处站着，远处，新的住院大楼正在修建中，再往前走，能看到新修缮的医院大门——尖顶设计成了欧式教堂风格，和周遭一片破败棚户形成鲜明对比。教堂？刘放愣了愣，忽然想起这医院正对面就是一座小教堂，平时周末经过时，常能听到唱诗班的吟诵声。

谁能救他呢？耶稣基督吗？

不，他当然不相信耶稣基督能蒙着口罩穿上白大褂，化作医师将妻体内的癌细胞消灭干净，他只相信科学，相信世间万物都会科学有序地排布，像牛顿第一定律，像万有引力，像能量守恒……

他从口袋里摸出手机，给张驰打了个电话，电话那边一直占线，就在这几分钟里，时间仿佛从褶皱中逃脱，开始变形、拉长，他看见自己走到了一个深渊之中，那里一分钟像一小时那样漫长。

"喂，喂，是老张吗？"他捏着手机，仔细思考措辞。他本就是个讷言的人，这么多年来，在学校中，原有多次晋升机会，因为"不会做人"，于是错过。不会做人，他觉得这四个字特别好笑，所谓做人，到底是什么呢？是中文系那个老冯最喜欢说的"厚黑学"和"阴谋阳谋"吗？他搞不清楚，他更喜欢直接的表达方式，像一加一等于二，像数学公式、化学反应，像宇宙间绝对的真理。

"哦，我在开会呢，有什么事吗？"电话那头的人显然有些不耐烦，背景音嘈杂热闹。刘放握着手机，紧张又快速地把事情的来龙去脉说了一遍。

"那你等我去广州开完会回来再说吧……"

电话很快断了，并且那边的人没有再打来过。他不清楚到底是对方故意挂断，还是真的信号不好所导致的。

"刘教授，刘教授，换药了。"护士的话立刻将他拽回现实，他转身，回到病房，病榻上的妻好像躺在半截棺材里。他看见白色的床渐渐生长，变高、变窄，把瘦小的妻围在里头，而他的身前像是有一堵高墙，跨不过去。

去张驰的家里求他吧，只有这个办法了。

平素节假日时，师友们都喜欢拎着水果、营养品四处拜访，联络感情，唯有他，对这一套全然不感兴趣。他仿佛独自活在石器时代，不能和周围人沟通，他是那种传统的书呆子，对这一切人情世故都不感兴趣。他常说，这种事，没意思，还不如在家修表。是呢，不如修表，但这几天的夜里，他频繁梦见一个穿白色衣服的小人举着一把小刀欺近身前，说："表修得好，人呢？人啊，是修不好的。"

星期六的下午，医院里的检查做得差不多了，妻也睡下了，他请了一个女护工看着妻，他自己则开着车去找张驰。途中看到了一家进口水果超市，他停下来，把车泊在路边，进去挑选"贡品"。要赶贵的挑，这样才不会有失礼貌，这样想着，他在美国进口车厘子面前停了下来。美国，他去过的，去过三次，两次是学术交流，一次是送女儿上学，那时他想过，等妻和他退休后，他们就搬去美国（谁也不认识谁，他只需要和妻女交流就好）。

女儿在美国吃的是不是这种车厘子呢？可真贵啊……

平日里，他不太买东西，采买食材一向是妻的任务，他只负责给钱，或者说更简单些，自结婚以来，他每个月都把钱上交给妻。有人笑他是妻管严，太厐了，实在不济还要存些私房钱，可他没有，他的钱，剖成两半，一半给妻，一半给女儿。

张驰住在富人区，那里是一片宁静的湖区，沿路风景甚好。

好几次，刘放携妻女过来踏青骑亲子自行车，女儿都羡慕地说："要是能住在这儿就好了。"是啊，要是能住在这儿就好了，把这里的房子卖了，就能去日本治病，去美国治病……

他停好车，走到张驰家门口，整理一下仪容，按下门铃，按了三次，才有个保姆打扮的女人趿着拖鞋跑来开门。

"您是？"

"哦，我是张驰的朋友，他今天在吗？"话音未落，豪宅内又响起另一个女人的声音："小刘啊，是哪个在按门铃？"

"是我，刘放。"

这是刘放最不愿意看到的场景。说话者是顾芳，顾芳是他的学妹，学生时代，对方曾给他塞过几封情书。他是从大山里走出来的穷小子，顾芳是医院院长的女儿，他并非完全不喜欢顾芳，只是觉得不知如何沟通，且那时，他已经有心上人，就是妻——苗族女孩，家也在大山中，她是那里唯一一个走到城市的孩子。

"师兄，我都知道了。"

知道了什么？他没想到坏消息扩散得如此之快，似乎全世界都知道他马上要成为一个丧偶的鳏夫了。他摸摸假发，假笑着说："那个，老张不在家吗？"

"啊，他出国了。师兄进来坐坐吧。"

师妹盛情难却，他没法拒绝，就这样，他莫名其妙坐到了张驰家里。他坐在沙发上，看着屋外的花园——花园里花木茂盛，泰迪犬在地上兴奋地追逐着一只皮球。客厅中央是一幅巨大的山水瀑布画，似乎是从某拍卖会上拍回来的。他坐在那儿，又看着那个曾经有机会变成自己妻子的女人，忽然感到客厅中央的瀑布汹涌流动起来，那些水，全部都溅到了自己身上。

　　"你这个情况，我劝你去美国治吧。"女人将一杯龙井茶推到他面前说，"你女儿不是在美国吗？"

　　这似乎成了一道选择题，仿佛他驾驶着一列火车，远处是岔路口，岔路两端，一端是妻，一端是女儿，他不能停止，只能选一个撞过去，要么是妻，要么是女儿。他没法选，怎么选都是错的。

　　"问题是，万一治不好呢？"他用哀求的眼神看着她。女人说："这都是命啊，你要看开一些。师兄，我说得直接一些你不要在意，这种病生存概率很低的，不然你就带着嫂子好好出去旅游转一圈。你现在还年轻，万一嫂子不在了，你再找个老婆也不难的。"

　　这说的是什么话？刘放怒不可遏，一下站了起来，女人说："我话说得是比较难听，但都是大实话，你说对不对。"

　　刘放转念一想，又坐了下来，瀑布的水已经完全淹没了他，他仿佛浸泡在峡谷深处，马上就要失去呼吸。他想求生，但水还源源不断拍打着身体，他不知道最终要去往何方，哪里才能留他一条生路。

"我说的都是大实话，师兄你好好想想吧……"

刘放全然忘记自己是如何走出张驰家的，只记得出门时，天色已经暗下来，乌云压城，那些云一朵一朵，掉进他的心里，灰色满溢五脏六腑。他沿着湖边一直走，一直走，好几次都想跳进去，死了算了。人们说，死在水里，下次投胎呢，会变成鱼，变成鱼可就惨了，吃了假鱼饵，被人钓起来——剔鳞，剥皮，一刀砍下头，砧板上全是血。

走了约莫十分钟，他才发现走反了方向。停车场已经距离自己越来越远了，再走回去要花三十分钟，这时雨突然落下，不是一滴滴的小雨，而是大雨，直接浇头。无奈之下，他冲进了附近的一座小型社区商场，里面布满了卖衣服的、卖化妆品的、卖食品的，但最多的还是各种老年养生和儿童游戏设施……他失魂落魄地走了走，突然在路的尽头看到那几个鬼魅般的字——"巴别巴马"。

那日在医院门口和那年轻男子作别后，他特意去查了下"巴别"的意思，原来指的是巴别塔。这是一座宗教传说中的通天巨塔，据《圣经》记载，人类联合起来，想要兴建一座通往天堂的高塔。但为了阻止这个计划，上帝让人类说不同的语言，彼此无法沟通，于是巴别塔不建自毁。刘放想，现在的房地产商可真是没文化啊，巴别塔隐喻的是一种贪念，他们竟然以为说的是通天的意思。

真的能通天吗？

"叔，进来坐坐吧。"

刘放被那小姑娘的声音骇了一跳，他知道，在他那个落后而贫困的村县中，有许多并未如他这般通过学历改变人生的人。这些年轻人会逐渐流落到大都市中，做着卖房子、送快递、端盘子等工作。这小姑娘的普通话腔调不标准，带着明显乡音——和他一模一样的乡音。

他因这突如其来的老乡温暖，不自觉地走进了"巴别巴马"的营销中心。为了令人体验到长寿之乡的感觉，这里摆满了奇花异草，云雾缭绕。那女孩指着一个位置说："坐吧，叔，坐。"女孩很快端上来一杯大麦茶，并告知他，这是使用巴马泉水泡的，喝了有保健效果。他确实有些渴了，于是乌鸦喝水般地低头喝了一口——果然有些回甘啊。女孩见他面露喜色，接着诱导道："叔，我们进去试试磁疗按摩吧，是模拟巴马磁场做出来的，保健效果很好。"

他坐在椅子上愣了一愣，外面的雨泼天般，下黑了整座城。

他想，算了，就当放松下吧，现在也没法回去了。他跟着女孩走进了里头的隔间，是单人隔间，这让他稍微心安了些，女孩给了他一套咖啡色的宽敞睡衣说："先换个衣服吧，我们再理疗。"换上衣服，反趴在床上，他感到自己确实成了一条鱼——一条被命运利斧斩成两半的鱼。

"叔，力道重不？"

重？不重，要是再重些就好了，捏断四肢，捏碎五脏六腑，他就不用思考该如何度过余生了。就这样在理疗床上歇了一会儿，他忽然感到有什么东西正不经意间撩拨着他的背部。

十年前，妻刚做完乳房切除手术，还有些不适应，曾私下询问他是否要去做个义乳。义乳？是不是有些欲盖弥彰，意义在哪儿？妻唰一下脸红说："还不是为了你……"那时他们夫妻生活频率已极低，差不多一个月才一次。在床上他也没太主动，大部分时候都是敷衍了事，倒是妻总是颇关切地问他是不是身体不适。最夸张的一次，她买来情趣内衣，故意逗他，他却大发雷霆，觉得玩得有些过火，他可是大学教授，怎么会欣赏这些烂俗的东西。

"真的没有关系吗？"失去双乳后，妻有些神经紧张，总是故意这样问他。

有关系吗？其实也有的。他不太敢面对妻那伤痕累累的身体，每次要做时总是关上灯，拉紧窗帘。之前的窗帘透光，还是会不经意显出她身上的疤，后来他特意买来那种遮光布，将屋子里的光赶尽杀绝。也差不多是在那时，他接触了一个女学生，那女孩总喜欢缠着他，常露出崇拜之情。学校里老师和学生搞暧昧的事不在少数，同僚经常笑他应该尝尝鲜，他却觉得有违师道。但当那女学生的目光灼灼送过来时，他还是被灼伤了。

还记得很小的时候，不到五岁，他总喜欢把头埋在母亲双乳之间，像鸵鸟找到了隐蔽的洞穴，他觉得那里是一个温暖柔软的所在，可以盛纳一切。结婚后，他也喜欢握着妻的乳睡觉，直到有了女儿，他才渐渐戒断了这样的瘾。

女孩的出现似乎让他好不容易戒断的瘾又缠了上来。

某日午后，他独自在学校草坪边的凳子上小憩，那女孩小鹿般一跳一跃走过来。正值盛夏，女孩轻衫薄裳，领口开得极低，饱满的乳房若隐若现。他差一点儿就要做出逾矩之举，还好对面的湖泊让他冷静了下来，这里是学校，这里是他工作的地方，他的身份是大学老师，对方是大学生，不可以，不能这样。

他后来借口告辞，说家中有急事，仓皇逃脱，但他知道，这种事避得开第一次，避不开第二次。走在路上，忽地绕过一片红灯区，按摩店的招牌眩晕了他的眼睛——进去解决一下吧，进去解决一下，至少能发泄掉这些不切实际的欲望。

"叔,力道重不?"他犹记得为他服务的也是一个年轻女孩,生得像年轻时的妻。事后,他很后悔,觉得做了一件对不起妻的事。回到学校后,他找了个下午,彻底同那女学生说清楚,做了一个了断。

　　这会否是一种惩罚呢?妻在用一种残酷的方式惩罚他?不至于,绝对不至于,据他了解,有些同事的私生活乌烟瘴气,他算是洁身自好的那种人。这只是偶尔犯错,以前没有,以后也绝对不会再有。

　　就在他沉醉在往事中时,忽感有麻麻的感觉一阵阵从指尖传来,原来那女孩已经开始了所谓的磁场电疗。据说巴马有一条断裂带,直接切过地球地幔层,这条断裂带就在盘阳河地下。地球一般地区的地磁约 0.25 高斯,而巴马地磁高达 0.58 高斯。人活在恰当的磁场中,能清洁血液,加速血液循环,降低心脑血管的发病率,增强免疫力,提高睡眠质量。

　　"叔,舒服吗?"

　　他点点头。女孩继续说道:"我跟您说,巴马这个地方百岁老人特别多,还有很多病人去那儿治病的,因为那里有个百魔洞,洞里磁场特强,每天去坐坐,很多病就不药而愈了。"

　　"真的这么神奇吗?"

　　刘放再度回到医院时,已经是傍晚时分,妻已经醒来正在喝粥，病后，她食欲大减，每日只能以汤汤水水维持最低限度的营养。刘放把头上戴的帽子卸下来，坐在妻旁边，看着她，看着这个薄如纸片的人，有很多话挤在嘴里，但始终说不出口。

"下午上哪儿去了？"还是妻先发问的。

"没去哪儿，就是出去转了一圈，医院里太闷了。"刘放是那种不善言辞，更不善说谎的人，每次说假话，脸都会涨得通红。

"哦。"妻叹了一声，把碗放在桌上。

妻向来是个内敛的人，从前有事都憋在心里。刘放曾听人说过，这样的人最易生病，因为什么垃圾都埋在自己心里，久而久之，自己就成了一座无法净化的垃圾场。他望向妻——这个眉目清秀的女人已经被病折磨成一具干尸了。其实他是希望她可以开心点，敞亮点，什么话都说清楚的，直到现在，他还不清楚她是否知道自己偷腥一事。或许知道，但不讲，不想讲。或许不知道，一直被蒙在鼓里，一直在做着夫妻恩爱的春秋大梦。

他们恩爱吗？刘放很怕问自己这种过于复杂的问题。对于大部分人来说，日子混一混就过去了，人生混一混就过去了，他们只在乎那个外壳看起来是否坚固，是否漂亮，至于内里的肮脏或腐烂，是不过问的。刘放现在觉得他和妻还是有感情的，至少他对她，除了那次肉体出轨外，其余都问心无愧，只不过，现在这外头的壳破了，恐怕再难补好。

他抬起头，看着电视，一片山清水秀，是纪录片频道，正在播放一个旅游类节目，他窥到下面那一行小字——"广西巴马"。是不是有什么东西在捕捉他呢，为什么这个叫作巴马的地方无时无刻不蹦出来，好像一个精明的猎手，到处埋伏？

"这个地方真好啊，要是我病好了，去那儿看看吧。"妻的眼里倒映着巴马的山山水水。刘放说："好啊，等你好些了，我们就去转转。"

然而妻的病情始终没有转向好的方向，协商后，刘放还是决定让妻开始化疗。这个过程，他们已经经历过一次，彼此已十分熟悉其中的残酷与折磨。上次，他们都知道磨难终将过去，然而这一次，却全无把握。

疾病一天天凌迟着妻，凌迟不是瞬间将人杀死，而是一片片割下肉、挖掉骨……刘放在一旁看着，无能为力。

有时候，在深深的夜里，妻会突然痛醒，抓住他的手臂，一语不发，只是默默流泪。他知道那是因为白天在人前强撑太久，于是夜里迎来了崩溃——屋外明月皎皎，但照不进人的心里。他突然觉得，必须做点什么，来度过这可怖的时间段。邻床已经清空了，隔壁那个叫着鸵鸟好玩鸵鸟好玩的小男孩已经提前一步见了死神，现在，这个双人病房里，只剩下他和妻了。

妻是病人，他也是病人，痛的位置不同罢了。

他吻了吻她，像二十岁时那样，耗尽半生热情，去施予一个吻，妻的嘴唇干裂着，像一株枯木，他把唾液留在那儿，希望那木头能重新焕发生机。吻了一会儿，两个人默默分开了。这种感觉之前有过一次，那一次，妻生病后，他以为她要死了，于是格外渴望把握住最后的时光。在做乳房切除手术前，他们偷偷做了一次，不是很激烈，但彼此都觉得被一种深刻的感情融化了——那或许是普通夫妻一辈子也无法体验的感情，好像屋外是漫天炮火，两个人在战壕之中，彼此依偎着，仿佛世间只剩下彼此。而唯有如此，方能忘记大部分婚姻里的琐碎、争吵、自私、恶心，忘记那些人类社会制造出的种种灾难。

第二天早晨醒来时，他突然有了一个新的想法——他想把房子卖掉，换一套巴别巴马。

其实他早就不喜欢那套房子了，每次一坐在沙发上，望着外面污浊的天，他都会想起妻因痛苦而扭曲的脸。刚认识她时，她是饱满的、鲜活的，像一种叫不出名字的热带水果，但现在，她已经全然枯萎了。

很快，他找来房产中介看房，其实那中介等他很久了——每天傍晚回家，总有一批人守在路口问："看房子吗？"也不断有人打电话给他说："刘先生，刘先生，卖房子吗？"这房子虽然又老又破，但地理位置绝佳，对面是一座知名高校，再走半站距离，则是一所市重点小学，简直是名副其实的学区房。"把这套卖了，可以换两套呢。"之前就有人劝他卖房，把这房子拆成近郊的两套房——一套给自己，一套给女儿。他那时犹豫思忖，过一阵便将此事淡忘。现在突然想起来，他应该买一套巴马的房子，因为那胸部饱满的女销售说过："现在赠送巴马看房游呢。"

他想等妻身体好一点儿就带她去一趟巴马。

回到医院，他寻思找个时间和她讲清一切，讲清他爱她，忠诚地爱着，为此，他要老实交代他曾睡过一个妓女。（她会恨他吗？）他还要交代卖房子的事情，他猜测她会原谅他，会喜欢他为她准备的旅游礼物。

他们曾计划过晚年——自从结婚有女后，他们几乎再也没有计划过两个人之间的事情了，对于即将到来的晚年，他们无比期待。人从十岁到二十岁是懵懂的，是自我意识尚未开发成熟的；二十多岁到三十岁，又那样短暂；三十岁到退休前这段时间，他们是推石头的西西弗，再也不记得自己曾追寻过什么；唯有这短暂的晚年，像黄昏的景色一样，令人神往。

"我们要去欧洲旅游，去巴黎看铁塔，去威尼斯坐船，去澳大利亚看袋鼠和树袋熊……"在他们规划的那个故事里，他们再度拥有了彼此，虽然彼此已白发苍苍，容颜衰老，但总算是握紧了最后一段属于自己的时光。

"老刘，你给家里安个暖气吧。"妻突然说，"小敏说她马上要回来了。"

"你都告诉她了？"刘放终于意识到一切正在走向不可挽回的方向。他已经卖掉了房子，切断了退路，但他还没有想好如何跟女儿解释正在发生的一切。

"嗯，你这几天抽空回去装下暖气吧，小敏之前老嫌家里冷。"

还没等妻说完，他就说想出去走走，通常这个时候，他会下楼，走向门后那片废墟，但今天，他不想去那儿了。他低着头，一个人晃晃悠悠走到了一家彩票室，很奇怪，这座城市里有无数的彩票室，但他从来没有见过一个得奖者。他走过去，让老板给他下注了三张彩票——真的想一夜暴富，这样就没有这么多烦恼了，这样就可以给女儿买带地暖的精装修大房子。

买完彩票，走出彩票室，手机里弹出女儿发来的信息。女儿讲："爸，我要回来了，你惊喜不惊喜，这阵子你照顾妈妈累了，等我回来，你就可以休息一下了。"他发了一个微笑的表情过去，隔了一会儿，女儿回他："爸，你这是苦笑、假笑，不是真笑，你以后不要发这个表情给别人，会引起误会的……"

走到医院楼下时，他犹豫了一会儿，不知道该如何跟妻交代这一切——家已经被卖掉了，暂时没暖气，女儿回来可能要住宾馆（他在这座城市孤军奋战，父母早已去世，而亲友不是还在远方的大山里，就是四散天涯，他甚至找不到一个可以让女儿暂时寄居之处）。

走到医院背后时，他忽然看见了那个硕大的水管，虽然这座城市并未集体供暖，但医院提供让病人和家属安心的暖气。他在那儿站了一会儿，感到脊背发凉，原来已经立冬半个多月了，而他竟浑然不觉。电视里，女主持说西伯利亚寒流抵达我国境内，将造成大范围的降温，希望大家注意保暖。

"还有别的办法吗？"

花坛边坐了三个人，围在一起说话，他走到旁边，顿了顿，坐下来。他无意偷听他们说的一切，只是耳朵被动接收了如下信息：

"上个月，我去了一趟广西巴马，在那个磁疗洞里待了一个月，一开始，觉得很舒服，他们说什么感受天地灵气的变化，我那时以为我要好了，心情特别舒畅，结果等我回来一检查，情况并没有好转。"

"是骗子？"

"也不算骗吧，去的人也是买一个心理安慰。我们这种人，都走到这个阶段了，还能有什么办法呢，地上没有路，就在脑子里开一条路，想开点呗……"

"真的想得开吗？"

刘放起身，绕过说话的那几个人，独自觅一条小径，朝那废墟走去。小径的路口不知何时，已被巨大的泡沫板堵住了。他站在那泡沫板前，把头埋在上面，想起了一些不好的东西——柔软的乳房，妻的眼泪，按摩女的身体……他站了一会儿，又发现了另一条路，沿着那条布满臭垃圾和狗粪便的路走了一会儿，他很快走到了一条大路上。

　　大马路上，车流汹涌，道路上仅他一人，他扬起手，拦下一辆出租车，坐上去。司机问他："去哪儿？"他小声说："巴马。"司机又问："那是哪儿？"就在这时，透过车窗玻璃，他看见一只巨大的鸵鸟正在道路上飞奔，不知道要奔向何方。他指着那只鸵鸟说："看到了吗？看到了吗？跟着它走就行。"

图书在版编目 (CIP) 数据

去屠宰场谈恋爱好吗 / 兔草著 . -- 成都：四川文
艺出版社 , 2019.10
ISBN 978-7-5411-5479-9

Ⅰ . ①去⋯ Ⅱ . ①兔⋯ Ⅲ . ①短篇小说－小说集－中
国－当代 Ⅳ . ① I247.7

中国版本图书馆 CIP 数据核字 (2019) 第 177960 号

QU TUZAICHANG TAN LIANAI HAOMA
去屠宰场谈恋爱好吗
兔草 著

责任编辑　朱　兰　蔡　曦
特邀编辑　王　依　马云琪
装帧设计　山川制本 workshop
封面插画　十　指
内文制作　杨兴艳

出　　版　四川文艺出版社 (成都市槐树街 2 号)
网　　址　www.scwys.com
电　　话　028 － 86259303 （编辑部）
传　　真　028 － 86259306
发　　行　新经典发行有限公司
　　　　　电话 (010) 68423599　邮箱 editor@readinglife.com

邮购地址　成都市槐树街 2 号四川文艺出版社邮购部　610031
印　　刷　北京天宇万达印刷有限公司
成品尺寸　145mm × 210mm　32 开
印　　张　8.5　　　　　　　　字　　数　136 千
版　　次　2019 年 10 月第一版　印　　次　2019 年 10 月第一次印刷
书　　号　ISBN 978-7-5411-5479-9
定　　价　49.00 元